A

Zwei Halbbrüder »erben« von ihrer Tante einen Würstelstand im Wiener Prater, das heißt, sie müssen im Schichtdienst schuften und die Hälfte der Einnahmen bei der Tante abliefern. Aber immer noch besser, hinterm Grill zu stehen, als auf der Straße zu sitzen: Balthasar, Wiener durch und durch, hat zumindest eine halbkriminelle Karriere hinter sich. Paul, sozialisiert in Berlin, hat sich erfolglos in verschiedenen intellektuellen Berufen versucht (u. a. als Texter von Baumarktkatalogen). Die ungleichen Brüder können sich nicht ausstehen und verkehren nur schriftlich miteinander. Einig sind sie sich eigentlich nie, trotzdem läuft das Geschäft halbwegs. Bis ihnen eine Leiche in die Quere kommt. Ein toter Mann mit etwas Scharfem im Bauch. Nein, keine Currywurst, sondern ein Messer. Balthasar und Paul geraten unter Mordverdacht. Nicht gut fürs Geschäft …

Berndt Anwander, 1960 in Bregenz geboren, lebt heute in Wien. Er ist als Kulturveranstalter tätig, u. a. mit Open-Air-Kinos. Zu seinen Veröffentlichungen zählen *Kellergassen in Österreich* (mit C. Loidl-Reisch), *Unterirdisches Wien* und *Beisln in Wien.*

Thomas Askan Vierich, 1964 in Hannover geboren und lange in Berlin ansässig, lebt seit 2002 in Wien. Zu seinen Veröffentlichungen zählen die Krimis *Tödliche Delicatessen* (nominiert für den Glauser) und *Blutgasse* sowie *Aroma. Die Kunst des Würzens* (mit Th. A. Vilgis).

Berndt Anwander
Thomas A. Vierich

Praterglück

Eine Krimi-Groteske

Atlantik

Atlantik-Bücher erscheinen im
Hoffmann und Campe Verlag, Hamburg

1. Auflage 2015

www.hoca.de *www.atlantik-verlag.de*
Satz: Pinkuin Satz und Datentechnik, Berlin
Umschlaggestaltung: FAVORITBUERO, München
Umschlagmotiv: Stefan Oláh, www.olah.at
Gesetzt aus der Trump Mediäval LT
Druck und Bindung: C. H. Beck, Nördlingen
Printed in Germany
ISBN 978-3-455-65021-1

HOFFMANN
UND CAMPE

Ein Unternehmen der
GANSKE VERLAGSGRUPPE

[Post-it, 15. Mai]

Hey Bruder,

wenn du noch mal vergisst, das Licht in unsrer »Würstchendiele«, »Imbissbude« – oder wie immer du unseren Würstelstand nennst – auszumachen, komm ich persönlich vorbei, um dir die Lampe auszuknipsen, ein für alle Mal! Das heißt, ich werde dir eine betonieren, dass du drei Wochen lang mit dem Arsch auf die Uhr schaust, falls du das besser verstehst!

Balthasar

[Rückseiten dreier Quittungen, 16. Mai]

Geschätzter Balthasar,

wenn's nur das dämliche Licht wäre … Den Strom können wir uns gerade noch leisten. Nur leider keine Putzfrau. Und nach deinen Schichten hätten wir die dringend nötig. Ist es dem Herrn nicht möglich, die Spuren seiner Tätigkeit so weit zu beseitigen, dass andere an gleicher Stelle ihrem Broterwerb nachgehen können?

Wie heißt es so schön in Zugtoiletten: »Verlassen Sie diesen Ort so, wie Sie ihn vorfinden möchten.« Ich weiß nicht, wie du Zugtoiletten respektive Würstelbuden vorfinden möchtest, ich zumindest möchte den Rost ohne Wursthautreste, den Schneideplatz ohne fettige Semmelbrösel und die Kasse ohne senfverklebte Tasten vorfinden.

Der Job des Wurstgrillens ist ohnehin nicht der erbaulichste, darin sind wir uns wohl ausnahmsweise einig. Aber immer noch der am stetigsten Euros einbringende meiner Karriere. Wenn auch längst nicht ausreichend, um mir den Lebenswandel zu ermöglichen, der mir mit 45 Jahren zusteht – und ich schätze, bei dir sieht es nicht viel besser aus, Bruderherz, was?

Würstelbude bleibt Würstelbude und ist *very old economy*. Tante Hertas Gefasel von der Goldgrube war etwas hoch gegriffen, aber irgendwie musste sie uns dieses Arrangement ja schmackhaft machen, die alte Schreckschraube – oder wie sagt man bei euch in Wien zu einer weiblichen Erscheinung jenseits ihrer besten Jahre?

Also: Hygiene am Arbeitsplatz ist nicht nur gesetzlich vorgeschrieben, sondern auch eine zwischenmenschliche Notwendigkeit. HACCP, mein österreichischer Kamerad!

Auf Besserung hoffend,
Paul

[Rückseiten zweier Lieferscheine, 20. Mai]
Hallo Pauli, du gschissenes Oa ...

Obwohl, »Mehlnase« passt eigentlich besser zu deiner einfältigen Pappn!

Wenn ich all deine Anschüttungen, Gutmeinungen und Zurechtweisungen in der notwendigen Ausführlichkeit beantworten würde, die mir meine schwellenden Kabel gebieten, käme dabei wohl ein ganzes Buch heraus mit dem Titel *Mein Bruder, der Vollkoffer* oder *Würstchen, die fleischfarbene Melodie meines Herzens.* Vielleicht bringt das sogar mehr ein als der Würstelstand. Dafür hätte ich dann eh keine Zeit mehr.

Aber der Reihe nach: Putzfrau ist super, und wir werden eine einstellen. Ich kenn da eine sehr nette und begabte junge Serbin, oder wo immer die herkommt, die dringend Kohle braucht und wirklich picobello sauber ist. Nachdem es deine Idee war und ich den Kontakt habe, werden wir es so machen, dass du ihr zehn Euro die Stunde bezahlst und ich den Rest.

Dass du unseren Würstelstand mit einem Scheißhaus, diesmal mit einer Zugstoilette vergleichst, ist mal wieder typisch. Ich weiß ja nicht, wie viele Würstel du schon in Zugstoiletten verspeist hast, ich jedenfalls keines. »Verlassen Sie diesen Ort so, wie Sie ihn vorfinden möchten.« Ja, was gibt's denn noch Blöderes? Unser Gast möchte den Stand ja eben nicht so verlassen, wie er ihn vorgefunden hat. Er möchte ihm zumindest ein Würstel entreißen, und vielleicht noch ein Bier dazu und einen Pfefferoni. Das ist unser »Broterwerb«, wie du dich auszudrücken pflegst.

Apropos Broterwerb: Was für ein Leben steht dir denn zu mit 45? Altern allein genügt nicht für ein besseres Leben. Und mir fällt nichts ein, was du sonst auf die Reihe gebracht hättest.

Auf deine Vergleiche zwischen uns beiden kann ich übrigens gern verzichten. Du bist einfach ein abgehalfterter Irgendwas, ein piefkinesischer Negerant sozusagen. Ich dagegen hatte in letzter Zeit einfach nur Pech, und was für eins, das würde leicht für uns beide und noch zwei, drei andere ausreichen, aber deswegen lasse ich mich noch lang nicht mit dir vergleichen, »Bruderherz«. Schon sehr bald wird alles ganz, ganz anders aussehen, du darfst gespannt sein. Und wenn du mir dann nicht mehr auf den Sack gehst, dann schenk ich dir vielleicht meinen Würstelstandanteil.

Zu deiner Frage sprachlicher Natur (da schaust du, was?): »Schreckschraube« ist schon wieder so ein bescheuerter Ausdruck, den du wohl aus deiner Lieblingslektüre *Hanni und Nanni* herübergerettet hast. Eine »Schreckschraube« gibt es in Wien nicht, das hiesige Pendant dazu ist die gemeine »Trappn«, die lästige »Funsn« oder die sehr gebräuchliche »Schaastrommel«. Und noch etwas: Wenn Würstelbude *very old economy* ist, dann ist Witzigmann dein zweiter Vorname.

So, jetzt hab ich noch kein Wort zum Geschäftlichen gesagt und muss schon weg. Die Arbeit ruft, und diesmal ist das sicher keine Bratwurst. Alles andere später. Übrigens, Andjelina – du kannst sie auch Andjela oder Andja nennen – wird bei deiner nächsten Schicht kommen, um sich ihr Geld für das Putzen abzuholen.

Arrivederci,
B.

[Ausgerissene Ringbuchseite, 22. Mai]

Balthasar, du alte Drecksau,

zwischen aufgetauten, aber nie gebackenen Pommes, fettverschmierten Rechnungen deines letzten Einkaufs (was haben da eigentlich die fünf Stangen Memphis verloren? Ich denke, man darf in eurem Österreich keine Zigaretten verkaufen, außer in diesen Trafiken, wo die Nachkommen von Kriegswitwen und einbeinigen Veteranen ihr klägliches Dasein mit dem Verkauf von Tabak und anderen Volksseuchen – euren Medienerzeugnissen zum Beispiel – fristen?) und einer ausgelaufenen Dose Schwechater Bier fand ich die verklebten CD-Hüllen von Boney M's *Greatest Hits*, *Red Star* von Showaddywaddy und Falcos neuester posthumer Hitsammlung. Jesus, Allmächtiger, *das* mutest du unserer Kundschaft zu? Kein Wunder, dass deine Umsätze zu wünschen übriglassen!

Ich hingegen bereite nicht nur exquisite Käsekrainer zu, sondern beschenke die Kundschaft auch noch mit exquisiten Klängen von Paul Weller bis Pavement – Musik für Erwachsene also, schön abgehangen und mit Niveau. Bitte, an welchem öffentlichen Ort in Wien kann man schon den herrlich schlecht gelaunten Nuscheleien eines Mark E. Smith lauschen? Dabei würde der alte Grantler von The Fall eigentlich prima nach Wien passen, oder? Nimm dir das zum Vorbild!

Enttäuscht:
Paul

[Rückseite eines Lieferscheins, 25. Mai]

Ausgefressnes Arschgesicht, waachgsoffner Schneebrunzer!

Ich hoffe für dich, dass du betrunken warst, als du mir die Anrede »alte Drecksau« verpasst hast. So kannst du meinetwegen deine schwulen Freunde in Berlin begrüßen – die freuen sich dann wohl noch darüber und kudern tuntenmäßig blöd –, aber wenn du mich noch ein Mal alte Drecksau nennst, komm ich an meinem freien Tag persönlich ins Praterglück, reiß dir deinen Schweinskopf ab und scheiß dir in den Hals. Und verschon mich mit deinen saublöden unsäglichen Musikausflügen, Jessasmarantjosef! Wir sind ein Würstelstand und keine Tuntendisco. Paul Weller, das ist wohl der ledige Sohn von Herrn Schwarzkopf, oder wie? Zum In-die-Hoaar-Schmiern!

Ja, leck du mich, und dann willst du den Leuten noch einen schlechtgelaunten Nuschler zumuten? Von denen gibt es in dieser Stadt ungefähr zwei Millionen, da brauchen sie sich nicht noch deinen Mark E. Smith (ist der eigentlich verwandt mit dem olympischen Schwimmheini aus 19hundertirgendwas?). Bei uns am Stand hören die Leute am liebsten Radio Arabella, und dann gibt es ja noch zwei, drei ganz gute Sendungen auf Radio Burgenland und Radio Niederösterreich, da bleibt immer mal einer hängen, summt mit und sagt: »Geh, gib ma no a Bier.«

Balthasar

[Ausgerissene Ringbuchseiten, 28. Mai]

Lieber Balthasar,

glaub bloß nicht, dass du mich mit deinen Untergriffen dazu bringst, auch unhöflich zu werden. Davor bewahrt mich meine Hölderlin-Lektüre. Auch wenn die schon eine Weile zurückliegt. Ich glaube, ich habe die fadengebundene Dünndruckausgabe in Berlin stehen lassen. Soll ich sie holen? Brauch ich sie jetzt wieder?

Wir kennen uns ja noch nicht lange. Eigentlich kennen wir uns überhaupt nicht. Und ich bin mir nicht sicher, ob ich dich überhaupt kennenlernen will. Aber leider wird sich das wohl nicht vermeiden lassen.

Mama hat uns nie vorgestellt. Nicht mal erwähnt, dass es da noch einen Bruder in Wien gibt. Vermute, bei dir war es ähnlich, o du Erstgeborener unserer lieben, aber etwas unzuverlässigen Mama. Gott, wenn es denn einen gibt, wovon ich nicht ausgehe, sei ihrer Seele gnädig.

Da ich mir die Rückfahrkarte nach Berlin nicht leisten kann (und, um die Wahrheit zu sagen, weder Barbara noch diesen Obi-Markt-Typen mit seinen Katalogen wiedersehen will), bleib ich eben hier. Tante Herta scheint es zu freuen. Und dir kam ihr Angebot auch gerade recht, was? Jedenfalls warst du ja ganz geil drauf, deine dicken Finger an diesen Würstelstand zu bekommen. Praterglück. Saublöder Name übrigens. Sollen wir uns nicht was Peppiges überlegen? Aber da hätte Tantchen bestimmt wieder was dagegen.

Wie blöd ist die eigentlich, dass sie sich in all den Jahren nichts auf die hohe Kante gelegt hat? Jetzt müssen wir ihr die Hälfte unseres Umsatzes geben und uns ewig und drei

Tage anhören, bei ihr seien die Geschäfte viel besser gelaufen. 50 Prozent sind schon ein bisschen heftig, findest du nicht? Was uns dann noch bleibt, ist zu viel zum Sterben und zu wenig zum Leben.

Das größte Problem ist aber die Zusammenarbeit. Das hat sich Tante Herta wohl auch anders vorgestellt. Nix da Teamwork! Gemeinsam halten wir es in der Bude doch keine zehn Minuten aus, das musste ich ihr schnell stecken. Da ist es schon besser, wie es jetzt ist: Wir wechseln uns einfach weiter im Dreitagerhythmus ab. Hat sie ja dann auch eingesehen. Und das mit der schriftlichen Kommunikation klappt doch ganz gut. Auch wenn deine Zettel immer eingesaut sind mit Fetträndern, Ketchup- und Senfresten. Dein Organ halte ich nämlich echt nicht aus. Außerdem verstehe ich dein Genuschel nicht. Soll das Wienerisch sein? Irgendwie reden die hier aber anders. Verzichten wir also auf jeden direkten Kontakt, der Seelenhygiene zuliebe. Schreiben reicht völlig. Das kannst du ja überraschenderweise halbwegs. Also, zumindest so, dass man ungefähr versteht, was du einem mitteilen möchtest.

Übrigens, wir brauchen dringend neue Pommes! Hast du endlich kapiert, dass meine Idee, Currywurst mit Pommes nach Berliner Art anzubieten, super war? Das läuft mittlerweile fast so gut wie unser Klassiker, die Eitrige aus der Krain … Und angebrochene Pommes-Packungen bitte wieder in die Tiefkühltruhe zurücklegen, gell? HACCP! Und bring bitte auch einen Zehn-Liter-Kanister Öl mit. Aber nimm das bessere. Ich kann den Gestank deines Billigöls nicht mehr ertragen!

Andjelina hat sich schon gut eingelebt. Sie kommt jeden Vormittag Punkt halb zehn, bevor es losgeht, und putzt unsere kleine Hütte einmal durch. Ich bin sehr nett zu ihr – ist ja auch das Mindeste bei dem Hungerlohn. Habe mich gar nicht getraut zu fragen, wie viel sie von dir bekommt ... Sie ist wirklich süß. Tolle Haare. Wie alt schätzt du sie? 21? Und woher kennst du sie eigentlich? Als ich sie fragte, wollte sie nicht so recht damit rausrücken. Ist ja auch egal eigentlich, was interessiert mich dein erbärmliches Vorleben.

Kundschaft.

Da bin ich wieder. Heute ist wenig los. Schietwedder, kaum Laufkundschaft. Was machen wir eigentlich im Winter? Zu? Urlaub? Soll Tante Herta übernehmen, oder? Mann, die geht mir vielleicht auf den Senkel. Weiß alles besser. Ständig muss ich zu ihr zum Rapport, und dann zieht sie in einer Tour über dich her. Vermute, dir geht es genauso mit ihr. Dann bist du wohl bald bestens informiert über meine Vergangenheit. Die muss jahrelang einen Privatdetektiv auf mich angesetzt haben.

Ihr kennt euch ja schon ein Leben lang. Sagst du eigentlich »Mama« zu ihr? Die hat doch schließlich deine Erziehung verbrochen, und ich erfahre jetzt bei jeder Begegnung mit ihr, was dabei alles schiefgegangen ist. Ich sage nur: Arnie II. aus Wien-Favoriten – das war wohl nichts. All die Quälerei vergebens. Eine Karriere als Profi-Bodybuilder, was für eine doofe Idee, darauf kann nur ein Österreicher kommen ... Die Folgen sieht man noch heute. Und es sieht scheiße aus, mein Lieber. Alles hängt runter. Und mit »alles« meine ich alles. Aus der mühsam antrainierten Muskelmasse ist schlaffes Gewebe geworden. Ekelhaft. Dein Sexleben muss erbärmlich sein. Müsstest mal wieder trainieren und weniger saufen. Und hättest weniger Pulver fressen sollen. Das ganze Anabolikazeug macht ja impotent. Aber egal, ist jetzt wohl eh besser für dich.

Soll ich Andjelina mal danach fragen? Von der hast du doch deine dicken Finger sicher nicht lassen können. Besonders begeistert scheint sie nicht mehr von dir zu sein. Muss ich sie halt trösten. Vielleicht lässt sie dann etwas mehr über eure gemeinsame Geschichte raus. Wenn's mich denn interessieren würde.

Heute Nachmittag will sie noch mal vorbeikommen. Weiß gar nicht, wieso, aber sie ließ sich nicht abhalten ... Ein bisschen Abwechslung kann jedenfalls nicht schaden. Bevor ich dich noch länger vollsülzen muss.

Da sehe ich die Süße schon mit wippendem Pferdeschwanz herannahen. Sie hat sich richtig feingemacht. Kann dem Geschäft nur gut tun, wenn sie häufiger hier rumhängt ...

Übrigens findet sie Mark E. Smith total süß. Und dein bekloptes Radio Arabella bescheuert. Von Showaddywaddy hat sie Gott sei Dank keine Ahnung. Und lass die Finger von ihr, hörst du? Du hast deine Chance gehabt und sie offensichtlich vergeigt. Muss ich's halt wieder richten.

Immer der Deine,
P.

[Post-it, 3. Juni]

Schau in den Computer, Paul – das ist das eckige Teil, das am Boden steht, mit dem lustigen Fernseher, der keinen Empfang hat! –, und öffne die Datei »Mehlnase«, mach schon! Wir sind jetzt digital. Ich habe keine Lust mehr, mir dein Gejeier wegen Fetträndern anzuhören.

[Textdatei Mehlnase, 2. Juni]

Paule, Paule!

So geht das nicht weiter, du schreibst Seite um Seite. Mir wird schon beim Lesen schwindlig und erst recht beim Antworten.

Wenn du die Anleitung auf dem Post-it verstanden und befolgt hast, sind wir jetzt bei der digitalen Kommunikation angekommen, sofern du den Computer bedienen kannst. Ich erinnere nur an die Glühbirne, die du nicht wechseln konntest, weil du die Deckenverkleidung nicht abbekamst, oder die Gasflasche, die du verkehrt rum angeschlossen hast, dass der ganze Dreck fast in die Luft geflogen wäre, mit Mann und Maus und Wurst und Paul. Wäre eigentlich eh ganz ok gewesen, ich glaube, die alte Herta hat den Scheißladen gut versichert. Na ja, wie auch immer, was nicht ist, kann ja noch werden.

Du kannst meinetwegen gerne weiterhin auf Zettel und alte Lieferscheine schreiben, mir ist das zu blöd. Ich verkehre nur mehr digital mit dir. Mir fällt sonst noch der Arm ab, wenn ich alles mit dem Federkiel ins Papier stanzen muss. So viel zum Technischen, nun zum Inhaltlichen:

Du machst es mir wirklich schwer, mich über meinen

plötzlich aufgetauchten Bruder zu freuen. Was haben sie dir als Kind nur zu fressen gegeben, dass da so viel Mist rauskommt?

Was soll der Scheiß, dass ich kein richtiges Wienerisch spreche? Bist du jetzt auch noch zum Dialektforscher geworden?

Bevor wir weitermachen, muss ich ein paar Dinge klarstellen:

Erstens war ich nie scharf darauf, dich kennenzulernen, geschweige denn, einen Würstelstand mit dir zu betreiben. Eigentlich bin ich immer ganz gut mit der Alten ausgekommen. Versteh noch immer nicht, warum sie dich aus dem Hut gezaubert hat und darauf besteht, dass wir den Laden gemeinsam führen.

Zweitens: Du bist ja wahrlich kein Wirtschaftsprofessor, drum lass dir gesagt sein, wir teilen den *Gewinn* mit der Alten und nicht den *Umsatz*. Ganz wichtig! Am besten, du lässt dir das irgendwo auf die Stirn tätowieren. In Spiegelschrift, damit du es jedes Mal lesen kannst, wenn du in den Spiegel schaust – das machst du ja seit frühester Kindheit den ganzen Tag lang, wie Tante Herta mir verraten hat.

Außerdem hat sie angedeutet, dass du ein bisschen angeschwult gewesen bist, auch wenn das nicht ganz ihre Worte waren. Recht hat sie. Ich denke nur an das Foto, das sie mir gezeigt hat: himmelblauer »Jeansanzug« – war der etwa aus Trevira, diesem unkaputtbaren Polyesterzeugs –, ein rosaroter Pullunder darunter, und erst die Schuhe! Ich hoffe nur, dass das Foto keiner meiner Kumpel sieht, das färbt ja auch auf mich ab: mein Bruder, der bachene Rosettenkavalier. Und mit so was soll ich einen Würstelstand teilen?

Wenn ich finanziell nicht in einer so verfickten Scheißarschlochsituation wäre, wäre ich schon längst über alle Berge, und du könntest den Drecksladen mit der alten Kuh alleine führen, aber das kommt schon noch. So schnell kannst du dann gar nicht schauen, wie ich weg bin, wenn meine Investitionen endlich abwerfen, was ich mir ausgerechnet habe. Aber von so was hast du ja keine Ahnung. Statt was zu riskieren, willst du lieber in Bioöl und nachhaltige Naturdarmwürste mit blutdrucksenkendem Senf investieren. Seit du da bist, haben wir lauter so Biodrecksware herumstehen, die doppelt so viel kostet wie der normale Dreck, dafür zahlt aber keiner einen Cent mehr oder kommt so wie die Damen in der blöden Fernsehwerbung für sauteures Joghurt am nächsten Tag vorbei und sagt: »Seit ich Ihre Käsekrainer gegessen habe, kann ich scheißen wie ein Uhrwerk.«

Sei's drum, ich werde ja nicht ewig mit dir da herumhängen.

Also, was soll denn eigentlich das brunftige Herumgesabbere wegen Andjelina? Ich kann dir nur im Guten raten, lass die Finger von ihr, das ist das falsche Revier für so einen angewärmten Dackel wie dich. Wie alt sie ist? Versuch mal ihre Jahresringe zu zählen, das kann eine sehr lustige Aufgabe sein. Woher ich sie kenne, geht dich nichts an. Und verschon mich bitte mit dem Gefasel von ihrem »süßen Pferdeschwanz«, sonst wird dich noch ein Pferd treten und zwar dort hin, wo es richtig weh tut, falls da bei dir überhaupt was ist. Geh du lieber Tante Herta trösten, das liegt dir sicher besser. Ich kann mir sehr gut vorstellen, wie du an ihren Lippen hängst, um ja jede Kleinigkeit, die sie von mir zu wissen glaubt, aufzusaugen. Was glaubst du wohl, warum Andjelina zu dir kommt, na? Um dich ordentlich einzuwickeln, Alter! Die will an deine Marie! (So nennen wir bei uns das, was bei euch, glaube ich, Penunsen heißt.) Oder denkst du tatsächlich, sie sieht dich, einen 45-jährigen, mittellosen, teutonischen Schwabbelbauch, und verliebt sich knallfall in dich? Aufwachen, Bruder, aufwachen!

Und wer ist diese Barbara? Ist das die Transe, mit der du zusammengelebt hast?

Als Kind habe ich immer davon geträumt, einen Bruder zu haben. Einen großen Bruder, mit dem ich alles machen kann, der mir hilft, wenn's wieder mal eng wird. Ehrlich, dieser Bruder hatte nichts von dir, oder richtiger: Du hast nichts von ihm. Und dann habe ich plötzlich einen Bruder, und der sieht aus wie du, ist Piefke und steht auch noch in dem Würstelstand, den mir Tante Herta schon vor Jahren überschreiben wollte. Warum dich die Alte ausgegraben hat, geht mir nicht in den Kopf, irgendwer muss ihr ein paar Scheißlügen über mich erzählt haben, dass sie glaubte, es wäre gut, dich mit einzubauen. Bist wohl ihr Blockwart, oder was wart ihr in der DDR? Was war denn dein Deckname? IM Burenwurst oder IM Ölpfefferoni? Wenn ich mal draufkomme, dass du der alten Kuh irgendwelche Lügen über mich erzählst, wird's kurz lustig werden mit uns zweien, das kann ich dir garantieren.

Zu deinen übermotivierten Umbenennungsideen: Praterglück, so heißt es, und so bleibt es. Das Praterglück ist sozusagen eine Institution im Wiener Würsteluniversum. Das wär genauso idiotisch, wie wenn das Riesenrad ab morgen Große Kreisbahn heißen würde. Wenn du den Namen vom Praterglück änderst, ist die Tante Herta auf der Stelle hin, was andererseits gar nicht so blöd wäre. Wir könnten ja mal einen Versuch machen, den Laden rosa anmalen und »Paulis warme Würstchen« draufschreiben. Möchte gerne sehen, wie sie darauf reagiert.

Zum Organisatorischen: Einer organisiert, und der andere macht das Drumherum. Der eine bin ich, der andere bist du. Du wirst doch nicht ernsthaft glauben, dass du aus Berlin angereist kommst, um mir hier zu erklären, wie ich meinen Würstelstand zu führen habe. Ok, das mit deinen Currywürsten stimmt, die gehen ganz gut, aber früher oder später wär ich selbst draufgekommen. Hab ja auch was von der Welt gesehen – ehrlich gesagt ist das meiste ja ein ungenießbarer Dreck und nicht zu vergleichen mit unserer jahrhundertealten Würsteltradition. Ich glaube, die Wiener haben schon beim Bau des Stephansdoms Würstel zur Jause gefressen.

Und noch was: Bitte sag nicht »Eitrige mit an Bugkel« oder »Eitrige aus der Krain«, wenn Kundschaft da ist, nur um dich auf Wienerisch einzuschleimen. Sag einfach »Käsekrainer«, und versuch wenigstens *das* richtig auszusprechen.

So, Kundschaft ist da. Morgen Vormittag werde ich einkaufen fahren, auch deine 10 Liter Spezialöl, wenn du so scharf drauf bist. Schmier dich nur nicht wieder ein damit.

Der Heini ist wieder weg. Hat doch glatt drei Packerln Manner-Schnitten gekauft statt einer anständigen Wurst. War wohl einer von deinen veganen Freunden.

Und nun wie in der Kirche zum Schluss das Allerwichtigste. Aber nicht der Segen, sondern sozusagen ein Packungshinweis: Die Messerstecherei, ausgerechnet vor unserem Praterglück, das war vielleicht eine Sauerei. Muss kurz nach der Sperrstund gewesen sein. Hat dir die Tante Herta wohl auch brühwarm erzählt. Der Typ ist noch kaum stöhnend am Boden gelegen, da hat mich die alte Schachtel schon angerufen und gefragt, was bei uns los ist. Hört die nicht nur uns, sondern auch den Polizeifunk ab? Die junge Beamtin, die den Fall aufnehmen sollte, hat sich jedenfalls ordentlich ausgekotzt, als sie den Halbhinigen am Boden hat liegen sehen mit offenem Bauch und dem ganzen Blut drum rum. Gentleman, der ich bin, hat sie zwei Jägermeister aufs Haus bekommen – kommt immer gut, wenn man mit der Kieberei gut steht –, und dann hab ich das ramponierte Mädel ein bisserl ausgfratschelt. Und wie die erzählt hat!

Also, die Polizei geht davon aus, dass der Mann mit dem Messer im Bauch keinen Selbstmordversuch unternommen hat – nona –, sondern ziemlich sicher Opfer eines Bandenkriegs war, weil ausgeraubt ist er nicht worden, und die Kieberer kennen ihn als Mitglied der Serbenmafia,

Albanermafia oder Wasweißich-Mafia. Hat eigentlich jede Region ihre eigene Mafia? Gibt's auch eine Piefkemafia oder Preußenmafia? Egal, wenn einer unserer Freunde und Helfer zu dir kommt und dich zu dem Vorfall befragen will, sei ahnungslos wie auch sonst immer, und schick ihn einfach zu mir. Du hast den Typen, den sie so unschön zurechtgemacht haben, nämlich noch nie gesehen, das war *kein* Gast von uns, ok? Wenn es um Bandenkrieg und Messerstecherei geht, ist es besser, man weiß von nichts, von gar nichts. Üb das schon mal zu Hause vor dem Spiegel.

Scheiße, hab ich jetzt viel geschrieben, genug!

Bis die Tage, halt die Klappe!
Balthasar, der Rächer der Buchstabensuppe

[Post-it, 4. Juni]
Labertasche, ich habe schon mit Computern gearbeitet, da hast du noch gar nicht schreiben können. Schau in die Datei »Schwabbelbauch«!

[Textdatei Schwabbelbauch, 4. Juni]
Balthasar, Bruderherz,

habe ich richtig gelesen? Du deutest an, du hättest dich über das Auftauchen eines Bruders gefreut? Das sind ja ganz neue Töne. Warst du wieder hacke? Ach nein, es sollte ja ein großer Bruder sein. Sorry, aber der Ältere bist nun mal du. Ganz unverkennbar.

Der Rest deines Geschreibsels hat die Dinge wieder ins rechte Licht gerückt. Man kann sich die bucklige Verwandtschaft leider nicht aussuchen …

Keine Ahnung, warum Mama nie von dir gesprochen hat. Es gab da immer nur einen Dieter, mit dem sie mal in Wien was gehabt hat und der ein ganz schräger Typ gewesen sein muss. Fast schon legendär.

Auf Tattoos stehe ich nicht besonders, weder auf der Stirn noch auf anderen Körperteilen. Vermute, du trägst eine gespreizte Lady auf deiner erschlafften Brust.

Ich kann dich beruhigen: Das männliche Geschlecht interessiert mich auf vielfältige Weise – aber nicht sexuell. Was immer dir Tante Herta erzählt haben sollte, der himmelblaue Jeansanzug war trotzdem schön. Und ein Geschenk von Mama. Und er war nicht aus Trevira. Schade, dass ich ihn nicht mehr habe. Muss auf einem meiner vielen Umzüge verlorengegangen sein. Reinpassen würde ich wohl noch. Hab mich schließlich gut gehalten – im Gegensatz zu dir.

Trägst du eigentlich jemals was anderes als diese uralte dunkelbraune Lederjacke und die Cowboystiefel mit schief abgelaufenen Absätzen? Die wenigen Male, die ich dich in persona treffen musste, hattest du immer das Gleiche an. Wahrscheinlich benutzt du deshalb dieses aufdringliche Rasierwasser. Ist es Old Spice? Oder Cool Water? Vermutlich gestrecktes Old Spice. Duschen wäre übrigens noch günstiger. Aber wahrscheinlich hat deine Substandard-Wohnung im abgefuckten Stuwerviertel gar keine Dusche. Höchstens eine in der Küche. Ich leiste mir in Favoriten wenigstens ein richtiges Badezimmer. Und da habe ich auch diesen supergünstigen Klamottenladen entdeckt: euren urigen Herrenausstatter Tlapa. Vielleicht werde ich ja doch noch ein richtiger Wiener. Die schlechtsitzenden Billig-Anzüge aus irgendeinem Kunststoff hätte ich jedenfalls schon mal. Das waren noch Zeiten, als mich Hugo Boss und Paul Smith eingekleidet haben … Aber von denen hast du wahrscheinlich noch nie gehört, oder?

Danke für das Öl. Es ist ausnahmsweise das richtige.

Andjelina, die Süße, ist 23. Um das herauszukriegen, brauche ich dich wirklich nicht. Und sie kommt auch gar nicht aus Serbien, sondern aus einem Dorf bei Tiraspol, das ist die Hauptstadt von Transnistrien, diesem komischen Staat zwischen Rumänien und Russland.

Ich könnte dir jetzt von romantischen Spaziergängen durch den Prater erzählen. Die Arbeit in unserem Praterglück ist ja meistens nicht wirklich abendfüllend. Aber keine Sorge, die Spaziergänge mit A. mache ich, während du deine Schicht fährst. Und wir achten darauf, nicht in die Nähe unserer Arbeitsstelle zu geraten. Auf deine blöden Sprüche haben wir nämlich beide keinen Bock.

Also, diese Andjelina ist schon eine reizvolle Mischung. Einerseits wirkt sie mit ihren 23 Jahren noch sehr jung. Manchmal habe ich sogar den Verdacht, dass sie in mir eine Art Vaterersatz sieht. Meistens ist mir das unangenehm, aber manchmal fühle ich mich auch geschmeichelt, wenn ich ihr das Leben und die größeren Zusammenhänge erklären kann.

Andererseits kommt sie mir dann wieder mit allen Wassern gewaschen vor. Allerdings mit anderen Wassern, als wir das gewohnt sind. Die Zustände in ihrer Heimat haben da wohl ihre Spuren hinterlassen. Vielleicht ist sie deshalb so anschmiegsam? Immerzu will sie meine Hand halten, wenn wir über die Jesuitenwiese latschen oder uns auf eine Bank an dem kleinen Teich setzen. Dann erzählt sie von ihren Brüdern und Schwestern. Also, einen Familiensinn haben die dahinten am Arsch Europas, da können wir nur von träumen! Obwohl das in unserem Fall wohl eher Albträume wären, was? Wenn ich mir vorstelle, ich hätte Seit an Seit mit dir aufwachsen müssen! Da ist mir mein Einzelkindschicksal doch lieber. Wir hätten uns doch nur gestritten. Das hat Andjelina zwar auch mit ihren Brüdern und Schwestern, aber da war immer viel Liebe im Spiel. Wäre die bei uns beiden auch vorhanden gewesen? Überhaupt möglich gewesen? Kann man nicht wissen, Bruderherz. Wenn man, ohne voneinander zu wissen, aufwächst, kann auf alle Fälle keine Liebe im Spiel sein, was? Und das kann man wohl auch nicht mehr aufholen.

Sie hat mir gebeichtet, dass du ihr mal eine Möglichkeit eröffnet hast, ganz schnell an ganz viel Geld zu kommen. Hast wohl gedacht, du kannst so ein naives Ding aus Hinterrumänien für deine schmutzigen Phantasien und Geschäfte einspannen. So dumm war sie dann doch nicht.

Dein kleiner Bruder

[Post-it im Kühlschrank, 5. Juni]

Paul, du schaust ja heute wieder echt scheiße aus, dafür aber Ton in Ton.

Old Spice, der Mann, der in Cowboystiefeln geboren wurde, sieht alles, weiß alles! Und hört, was dir das Flitscherl Andjelina ins Ohr flüstert. Die macht dich eins, zwei zum Futkasperl!

[Post-it am Waschbecken, 5. Juni]

He, Oarschnudelwasserscheißgfriss,
hast vollkommen recht, ich dusche nie, hab in meiner 150-qm-Wohnung keinen Platz für eine Dusche gefunden, hab dort auch kein Klo, deshalb brunz ich hier immer ins Waschbecken, hoffe, das stört dich nicht.
Hugo »Hoss« Cartwright

[Ausgerissene Ringbuchseite, 6. Juni]

Lieber Balthasar,

deine Schimpftiraden werden immer phantasievoller. Schlägst du die in irgendwelchen schlauen Büchern nach, oder gibt es dafür eine App? Je länger, je lieber, was? Mannomann. Kommst du jetzt nachts vorbeigeschlichen, um doofe Post-its zu hinterlassen? Na ja, bei deinem Liebesleben …

Heute war tatsächlich eine Politesse hier. Ihre Currywurst habe ich sie selbst zahlen lassen. Sie schaute ein bisschen blöd. Das sind eure Bullen wohl nicht gewohnt, dass sie für ihre Verköstigung selbst aufkommen müssen. Sie hat nach dem Toten gefragt. Hat mir ein Bild gezeigt. Irgendwie kam mir der Typ schon bekannt vor. Habe mir natürlich nichts anmerken lassen. Warst du nicht mit dem während meiner letzten Schicht hier und hast dich auf unsere Kosten besoffen? Ihr habt's ja mächtig lustig gehabt. Der Typ ist mittlerweile seinen Bauchverletzungen erlegen.

Balthasar, wenn du was mit der Sache zu tun hast, sollten wir darüber reden! Ich bin schließlich dein Bruder. Und dein Geschäftspartner. Und habe keine Lust, in irgendwelche krummen Geschichten reingezogen zu werden. Ich habe ja schon viel in meinem Leben gemacht. Aber Kriminelles ist bislang nicht dabei gewesen, also, zumindest nichts so richtig Kriminelles.

Sei bitte nicht so schrecklich österreichisch. So was kann man nicht aussitzen, wegdrücken und erst recht nicht ignorieren. Ich habe jedenfalls keine Lust, wie du Bekanntschaft mit dem Knast zu machen. Zwei Jahre wegen Einbruch, sagt Tantchen. Mann, hat es sich wenigstens gelohnt? Wahrscheinlich stammt da deine Bizeps-Lady her. Auf solche Souvenirs kann ich verzichten.

Dein besorgter Bruder Paul

[Textdatei, 10. Juni]

Paul,

soll ich dir einen Zettel an den Sack nageln? Ich hab dich in aller Freundlichkeit gebeten, die Polizei mir zu überlassen, aber nein, Mr Superschlau aus Berlin muss sich wichtigmachen. Natürlich waren die sofort wieder bei mir und wollten eine Übersetzung deiner An- und Nichtandeutungen haben.

Ich habe mit der ganzen Sache nichts zu tun, und das ist alles, was du wissen musst, werter Geschäftspartner. Wie soll ich mir jeden Typen merken, mit dem ich mal ein Bier getrunken habe? So was nennt man Kundenpflege oder Consumer Relations Management. Gell, da schaust du wieder? Kann ja durchaus sein, dass ich mit dem Unglückswurm mal was getrunken habe, aber deswegen renn ich ihm doch nicht meinen Taschenfeitl in den Bauch, zumindest nicht, wenn er bezahlt hat.

Und noch was: Ich war nicht zwei Jahre im Knast. Da ist wohl deine Phantasie ein wenig mit dir im Prater spazieren gegangen? Ich war in einem Jugendheim mit strenger Disziplin und ebensolchen Erziehern, und zwar nicht zwei Jahre, sondern nur 18 Monate. Bin halt vaterlos aufgewachsen. Unsere Mutter hat es nämlich vorgezogen, meinen Bruder großzuziehen – und schau nur, was dabei rausgekommen ist. Um mich hat sie sich einen Dreck gekümmert. Sei's drum. Auf jeden Fall bin ich da irgendwie an die falschen Leute geraten, die haben mich gelinkt, und ich hatte den »Aufdrahtn«, und das war's dann auch.

Das zweite Mal war ich nur in Untersuchungshaft, weil so ein Arsch mir ein Ding andrehen wollte, mit dem ich aber schon überhaupt nix zu tun hatte. Das mussten dann auch der Untersuchungsrichter und seine Kieberer einsehen. Und der Typ, der mir den »gewerbsmäßigen Autodiebstahl« anhängen wollte, hat seine miese Aktion dann aber lange und tätlich bereut. Oder wie heißt das bei Beichte und Buße? Du bist da ja sicher ein Fachmann drin, warst doch ein braver Kirchgänger und Kerzerlschlucker und dem Priester ein treu ergebener Ministrant. Tante

Herta hat, glaube ich, sogar irgendwo ein Foto von dir als kleiner Scheißer in der Kutte, wie du vor dem Altar stehst und dich artig verbeugst vor dem Allerheiligsten.

Hast du den Tabernakel der Andjelina eigentlich schon inspizieren dürfen, oder beschränkt ihr euch aufs Spazierengehen und Fingerln im Prater? Mir machst du nichts vor. Du musst ja einen mächtigen Notstand haben, dass du dich gleich an die erstbeste Putzfrau ranmachst, um ihr den rothaarigen Kopf zu verdrehen. Wenn da nur nicht an deinem Kopf gedreht wird! Ich habe dich auf jeden Fall gewarnt, die »Süße« wird dir noch ordentlich Schädelweh bereiten.

Sie hat dir also was »gebeichtet«, na da schau her, ist ja sehr interessant. Bei der Beichte wäre ich gerne dabei gewesen, vor allem hätte mich die Art deines »Ego te absolvo« interessiert. Öha, jetzt ist es aber mit mir durchgegangen, ich hoffe nur, ich bring das Bild wieder aus dem Kopf. Aber ich hab dir ja gleich gesagt, dass sie sehr begabt ist, Bruder Paul.

Das wäre auch ein schöner kurzer Herrenfilm: *Bruder Paul nimmt Schwester Andjelina die Beichte ab*, Untertitel: *Nachts am Würstelstand.*

Und bitte glaub nicht alles, was dir die kleine Transirgendwas ins ach so offene Ohr haucht. Sie hat gut verdient bei mir, das ist amtlich, und vor allem hat sie schnelles Geld gemacht, so viel kann ich dir verraten. Wie sie es dann mit wem verklopft hat oder ob sie es vielleicht nach Hause zu ihrer Packlrass geschickt hat, die dumme Gans, weiß ich nicht.

Trotz allem scheinst du aber immer noch ein reges

Interesse an Männern zu haben. Erst meine Bodybuildervergangenheit und jetzt auch noch die lächerliche Tätowierung. Was möchtest du noch wissen, »How deep is your love« in Zentimetern oder Inches? *Nine Inch Nail* sagt dir wohl was als alter Musikfuzzie. Die Tätowierung stammt übrigens nicht aus dem Knast, sondern, du wirst es nicht glauben, sehr klassisch aus meiner kurzen, aber schönen Zeit als Seemann, jetzt staunst du, was? Das hat dir die Alte nicht erzählt, weil sie es nämlich auch gar nicht wissen kann. »Meine Heimat ist das Meer, meine Freunde sind die Sterne, über Rio und Shanghai, über Bali und Hawaii.« Ja, schon bald kann es wieder so weit sein, und Wind und Wellen rufen mich hinaus, und ihr könnt euch hier gegenseitig moscherln!

Wurst ahoi, und mach dich nicht wichtig, wenn die Bullen wiederkommen. Du weißt von nichts und hast keine Ahnung von nichts, und das ist die bittere Wahrheit.

Balthasar

[Post-it am Kühlschrank, 12. Juni]
Bruder,
lass deiner ordinären Phantasie nur freien Lauf. Bist doch bloß eifersüchtig … Im Übrigen bin ich evangelisch.
P.

[Textdatei STASI, 14. Juni]

Paul!

Fein, dass du mal die Luft anhältst und den Dienst an der Wurst wortlos übergibst, aber ich könnte jetzt mal was von dir brauchen. Du bist doch als ehemaliger DDR-Spion im Aus- und Abhören geübt, oder?

Schmäh-ohne, ich hab dir doch mal erzählt, dass ich von meinem Vater so gut wie nichts weiß. Und unsere Mutter hat sich, bevor sie mir etwas über ihn sagen konnte, was sie versprochen hatte, ja blöderweise mit ihrem Cabrio auf der Croisette um eine Palme gewickelt. Das war für mich sozusagen doppelt traurig: einerseits die nie für mich dagewesene Mutter dahin, andererseits auch die Aussicht, etwas über meinen geheimnisvollen Vater zu erfahren. Sozusagen Vollwaise auf einen Schlag. Selbst die allwissende Tante Herta kannte ihn nicht. Muss ein seltsamer Vogel gewesen sein, dass Mama sogar vor ihrer eigenen Schwester heimlichtun musste. Oder er war wirklich etwas ganz Besonderes und musste inkognito bleiben.

Ok, ich habe mir also überlegt, dass du, wenn du schon so oft mit Tante Herta herumhängst, vielleicht etwas über meinen Vater aus ihr herauslocken kannst. Die muss was wissen, auf jeden Fall mehr als ich. Mir gegenüber hat sie immer gesagt: »Den kennt keiner, deine Mutter, kleiner Balthasar, hat dich von einer Reise mitgebracht.« Und ich Depp habe doch tatsächlich jahrelang geglaubt, Mama hätte mich in einer kleinen Tasche von irgendwoher mitgenommen.

Ja, so ist es, ich kenne meinen Vater nicht, meine Mutter hat mich mit einem Jahr zu Pflegeltern gegeben. Und als die mich nicht mehr wollten, musste ich dann zu Tante Herta. Alles nur, damit unsere Mutter deinen Vater heiraten und dich großziehen konnte. Ein, zwei Mal im Jahr durfte ich ein Wochenende mit ihr verbringen. War eh nichts Besonderes, meistens waren wir dann wandern in der Steiermark oder in Tirol, nur einmal waren wir am Meer – in Grad –, das war damals eine Sensation für mich: ich allein mit meiner hübschen Mutter, der alle nachgeschaut haben in ihrem gewagten Bikini, am Strand.

Es war ja nicht so, dass sie mich nicht gemocht hätte oder die sprichwörtliche Rabenmutter gewesen wäre. Nein, es war *dein* Vater, der mich nicht leiden konnte. Der hat bloß immer meinen Vater in mir gesehen. Ein eifersüchtiger Vollkoffer. Mutter hat mir mehr als einmal erzählt, dass dein Vater sie vor die Wahl »er« – also ich – oder »ich« – also er – gestellt hat. Und dann taucht jetzt plötzlich auch noch der Bruder aus dem heiteren Wursthimmel auf, dem ich indirekt diese Scheiße zu verdanken habe.

Wenn du da was rausbekommst, helf ich dir vielleicht auch auf das Pferdchen mit dem Rossschwanz. Ich war ja sozusagen mal Zureiter in einem Reitstall, wenn du weißt, was ich meine. Wenn nicht, auch egal. Ich kann der Andjelina ja mal stecken, dass du auf sie stehst, und vielleicht hilft ja die brüderliche Fürsprache und meine frühere Bekanntschaft mit ihr. Keine Angst, ich spreche da nicht von einem Dreierziegel, sondern von einem ganz normalen Ritt, das Weitere musst du dann schon selbst machen. Ach, du weißt ja sicher nicht, was ein Dreierziegel ist, oder? Also, das ist so was wie Rudelpudern, aber halt in einem sehr kleinen Rudel, eine *ménage à trois*, wie der Meidlinger sagt.

Genug von dem sentimentalen Scheiß, ich leer mir jetzt ein Bier rein und warte, dass es morgen wird, dann bist du wieder dran in dem Drecksladen. Apropos Drecksladen: Gestern war so ein Schwanzlutscher von der Transirgend-was-Mafia bei mir und hat mir doch tatsächlich gedroht, nein, eigentlich eher dir. Er hat nämlich, ohne viel drum herumzureden, nach dem zweiten Slibowitz gesagt, wenn es stimmt, dass du mit der Messerstecherei was zu tun hast, dann soll ich mich schon mal von dir verabschieden und einen Ersatz suchen für die Würstelbude. Er hat gemeint, da würde sich sein Cousin gut drin machen. Wie kommt der Eierkopf auf die Idee, du könntest jemandem ein Messer in die Wampe hauen? Der hat dich wohl noch nie gesehen. Ich hab ihm auf jeden Fall links und rechts eine runtergehauen und einen ordentlichen Tritt verpasst. Blut ist kein Himbeersaft. Auch wenn du nur mein Halbbruder bist, kann ja nicht jeder dahergelaufene Depp an meinen Stand kommen und mir mit der Ausrottung meiner Familie drohen, selbst wenn sie mir – in dem Fall du – noch so sehr am Arsch geht, aber das ist ja wohl meine Sache.

Balthasar

[Post-it an der Innenseite der Tür, 15. Juni]
Brauchst mir nicht aufs Pferdchen zu helfen, sitze längst fest im Sattel. P.

[Textdatei Tables and Chairs, The Nits, 16. Juni]
Lieber Balthasar,

was hältst du davon, wenn wir unsere Bude mit ein paar Tischen und Stühlen erweitern? Lass uns mit vier Tischen beginnen. Da können dann sechzehn Leute sitzen und eine Wurst nach der anderen wegputzen, die ihnen Andjelina, die Frau mit den vielen Talenten, bringt. Zumindest jetzt im Sommer. Die Genehmigung besorge ich. Andjelina freut sich schon auf ihren neuen Job.

17. Juni
Ist echt einiges los, komme gar nicht zum Schreiben.

Sei bloß froh, dass du vaterlos aufgewachsen bist. Mein Vater war ein Klugscheißer vor dem Herrn und konnte alles besser, ganz egal, was ich angefangen habe. Ich weiß noch, wie er wie ein Derwisch an der Seitenlinie herumgesprungen ist, wenn wir mit der B-Jugend des SK Lichterfelde ein Punktspiel hatten und ich mal wieder im Mittelfeld den Ball vertändelte. Oder die Tennisstunden: Stundenlang prügelte er mir die Bälle um die Ohren, bis ich entnervt den Schläger ins Netz warf. Was habe ich nicht alles für Sportarten probiert: Volleyball, Tennis, Tischtennis, Hockey, Eishockey, Rollhockey und immer wieder Fußball. Mit zwanzig haben wir es dann aufgegeben, aus mir eine Sportskanone zu machen.

Mit dir hätte er in sportlichen Dingen wahrscheinlich mehr Freude gehabt. Aber er wollte nichts von dir wissen, weil du der Sohn seines Vorgängers bist. Dein Vater war ein festes Familienmitglied bei uns. Ständig redete Papa über Mutters Ex-Liebhaber, diesen Dieter. Das muss schon ein sagenhafter Hecht gewesen sein, dass sich mein Vater so an ihm abarbeiten musste.

18. Juni
Die Bullerei war wieder da. Ein gutes Gefühl habe ich nicht bei der Sache. Ich hab damit nix zu tun, egal was der Transirgendwas erzählt. Ich kann mir da einen ganz anderen Tatverdächtigen vorstellen. Aber wenn du eingelocht wirst, wer soll mir dann die Pommes und das ganze andere Zeug besorgen? Andjelina kann ja nicht alles machen.

Wir brauchen übrigens wieder zehn Kilo. Und nimm diesmal die aus Bio-Kartoffeln. Machen wir die Portion eben 30 Cent teurer, dann verdienen wir insgesamt mehr als früher und können groß mit Bio werben. Noch ein USP des Praterglücks. So weit kann ich noch rechnen. Ich kenne meinen Kotler. Kennst du ihn auch?

Farewell, oder wie ihr Matrosen sagt: Ahoi!
P.

[Textdatei, 18. Juni]
Paul,

dein Gestern ist für mich drei Tage alt, und mein Heute ist für dich erst nächste Woche, wenn wir genau sind. Sind wir aber eh nicht. Ich muss sagen, mir gefällt diese Art der Kommunikation immer besser. Es ist so allerdings auch leichter, Distanz zu halten, soll heißen, wenn du mir das eine oder andere so reingesagt hättest, wer weiß, vielleicht hätte ich dir tatsächlich eine gelangt. Allerdings treibst du mich auch so immer wieder zur Weißglut, und dann bleibt wieder kein Platz für ein geschäftliches Wort, das schon lange fällig wäre. Z. B. zu deinen Wunschlisten.

Nur weil du kein Auto hast, heißt das noch lange nicht, dass ich mir von dir vorschreiben lasse, welche Erdäpfel und welches Öl ich kaufen soll. Mein Motto ist da ganz einfach: Billig muss es sein. »Biopommes«, »Estragonsenf aus ökologischem Anbau«? Fehlt nur noch, dass wir Würstel verkaufen, die von Kälbern und Schweinen stammen, die im nahegelegenen Seniorenheim zu Tode gestreichelt wurden und sich selbst den Darm übergestülpt haben, irgendwie von innen nach außen. Oder wir steigen um auf Tofu-Würstel und gehen innerhalb von zwei Monaten in Konkurs wie der Verrückte am Gaußplatz, der tatsächlich vegetarische Würstel verkaufen wollte. Die Betonung liegt auf »wollte«, wollte nämlich keiner.

Zu deiner Idee mit den Tischen und Sesseln. Das heißt bei uns Sessel, nicht Stuhl, merk's dir. Den Stuhl gibt's beim Papst, oder den gibst du ab, wenn du dich von innen durchleuchten lassen willst.

Wegen des Schanigartens müssten wir erst einmal klären, wie das mit einer Genehmigung aussieht für eine Ausweitung der Kampfzone. Wir leben ja in einer Stadt, in der alles geregelt ist und nicht einfach jeder ein paar Tische und Sessel ins Freie stellt, und schon hat er einen Gastgarten. Also warten und verhandeln. Vielleicht willst du das übernehmen, kleiner Bruder? Ach ja, hattest du ja eh vorgeschlagen. Mich kennen sie leider schon beim Magistrat. Du bist doch immer so stolz auf deine außergewöhnlichen Kommunikationsfähigkeiten. Kannst du dann gleich vorführen bei der Schanigarten-Magistratsabteilung.

Erspar ihnen aber dein siebenschlaues Gequatsche von wegen »Kennen Sie Ihren Kotler?«. Wenn du das wen auf dem Magistrat fragst, kriegen wir in hundert Jahren keinen Schanigarten.

Ja, natürlich kenn ich den Philip Kotler, war ja ein Kindergartenfreund von mir, und wir haben gemeinsam *Die 10 Todsünden im Marketing* geschrieben, nur hat er versehentlich meinen Namen nicht druntergesetzt.

»Andjelina freut sich schon auf ihren neuen Job.« Ich kann's nicht glauben. Andjelina ist unsere Putzfrau, punktum-fertig. Personelle Entscheidungen wirst du sicher nicht im Alleingang treffen. Und wenn du mit Andjelina hin und wieder ein Würstchen teilst – ich kann nicht glauben, dass sie an dir was findet –, ist das dein Privatvergnügen. Ich hoffe nur, du bezahlst sie nicht für die eine oder andere Verrichtung an dir aus unserer Wurstkassa.

Ich weiß überhaupt nicht, warum du dich plötzlich so für unsere Familiengeschichte interessierst. Gut, ich hätte wohl besser gar nicht erst davon anfangen sollen. Da hat man einmal einen sentimentalen Moment … Schon komisch, dass du nach über 40 Jahren plötzlich den Drang verspürst, alles über deine und meine Familie wissen zu wollen. Du steckst wohl in der Mitte-des-Lebens-Krise und hast es noch nicht einmal gemerkt. Im Gegensatz zu mir. Aber es geht vorüber, das kann ich dir aus Erfahrung sagen.

Ich sage nur: die kleine »süße« Andjelina, der Ortswechsel, der Wunsch, einen Schanigarten zu haben, die pausenlose Beschäftigung mit der eigenen Geschichte und die Hinwendung zu nachhaltigen Biowürsteln und Ökofutter. Bruder, du bist Mitglied im Club, aufwachen! Die fünfzig nahen!

Hab eben zwei Underberg mit einem Kunden gekippt. Wir haben uns angeregt über Autos unterhalten. Da gibt es immer jede Menge zu erzählen. Aber davon hast du ja keine Ahnung. Was auch besser ist.

Ganz kurz noch mal zu unserer Geschichte, gemeinsam oder nicht. Da meinen Vater niemand außer meiner Mutter kannte, die sich ja bis zum Schluss geweigert hat, seine Identität preiszugeben, weiß auch niemand, wo er ist. Wer weiß, wenn Mutters Abgang nicht so überraschend gekommen wäre, hätte sie mir vielleicht doch noch etwas über ihn erzählt. Der Dieter, auf den dein Vater offensichtlich so rasend eifersüchtig war, das war *nicht* mein Vater, und das war vor allem nicht nur *ein* Dieter, es waren die Hausfreunde, die unsere damals offensichtlich sehr fidele Mutter in ihrer Wiener Zeit hatte. Dafür hat sie dann in Berlin-Lichterfelde ja auch gebüßt in eurer lauschigen Familienidylle mit deinem Vater, diesem »Klugscheißer vor dem Herrn«, wie du ja selbst sagst. Kann ich mir gut vorstellen übrigens, auch wenn ich nur ein paar Bilder von ihm gesehen habe: So sehen Klugscheißer aus! Der war sicher ein ganz mieser Fußballer, der immer nur die Klappe an der Seitenlinie offen hatte. Und wenn du auch nichts Bares geerbt hast von deinem Vater, deine Klugscheißerei kommt ja nicht von irgendwoher. Ich sage nur: »Ich kenne schließlich meinen Kotler!«

Gruß,
Balthasar

[Textdatei, 20. Juni]
Balthasar, du Kenner der Fachliteratur,

dein Vater heißt gar nicht Dieter? Das ist ein Ding! Bei uns zu Hause haben sie Dieter immer als deinen verstorbenen Vater präsentiert. Dein Vater lebt noch? Vielleicht hast du ihm schon eine fettige Burenwurst verkauft! Bist du nicht neugierig? Warum hat Mama seine Identität vor dir geheim gehalten? Da stinkt doch was in der schnitzelförmigen Alpenrepublik! Mich geht's ja nichts an, aber neugierig wird man schon bei so viel Geheimniskrämerei.

Paul

[Textdatei, 22. Juni]
Nervensäge Paul,

mir reicht's jetzt fürs Erste mit der Familie. Kommen wir zu Wichtigerem: Wegen der Polizei musst du dir nicht dein Hemdchen einnässen, wir, das heißt ich, haben ja nichts verbrochen, oder?

Von wegen Einnässen: Der Geschäftsgang ist so saumäßig schlecht, dass ich die Zeit nutzen kann, dir kurz etwas über Andjelina und meine Wenigkeit zu erklären, du pusserierst mich ja pausenlos mit der Schnecke. Also: Die Anschi, wie wir sie nannten, hätte eigentlich auf Vermittlung eines ihrer feinen Cousins in einem Bordell in Wien arbeiten sollen. Meine Aufgabe war es, ihr die ersten paar Tage in Wien so vergnüglich und nett wie möglich zu machen, damit sie sich bei uns hier gut einlebt und auf die kommenden Aufgaben vorbereiten kann. Den Job haben mir ihre Cousins angetragen, weil ich ein fescher Kampl und Frauenversteher bin und weil sie mir noch Geld geschuldet haben.

Was soll ich sagen, es kommt dann doch immer anders als gedacht: Ich treff die Andjelina also das erste Mal und denk mir noch, was für eine fesche Katz das ist. Ich war in meiner besten Panier und hab, Charmeur, der ich bin, die Dame fein ausgeführt und ein wenig eintrankelt, nicht zu viel, grad so an der Grenze. Vom Espresso, in dem wir waren, sind wir dann noch zu einer Tanzhütten gegangen, und beim dritten Lamourhatscher war's dann so weit, und sie hat mich niedergeschmust, dass mir ganz schwindlig worden ist, und geendet hat das dann natürlich mit einer gnadenlosen Titschklerei.

Mir ist das Weibsbild danach nicht mehr aus dem Kopf gegangen. Sehr unprofessionell, ich weiß, das haben auch ihre Cousins gefunden, aber so war's. Ich konnte der Andjelina ja schlecht sagen, dass ich eigentlich nur ihr Zureiter hätte sein sollen und es mir jetzt anders überlegt habe. Ihre Cousins haben mir dann eindeutig zu verstehen gegeben, dass ich mich nicht weiter der Andjelina widmen soll, wenn ich mir nicht auf der Stelle einen Holzpyjama anpassen lassen will. Ja, und seither ist die Beziehung zwischen Andjelina und mir etwas unterkühlt und zwischen ihren feinen Cousins und mir etwas angespannt. Obwohl, die Andjelina ist ja nicht blöde und hat selbst recht schnell geschnallt, dass da nicht alles mit rechten Dingen zuging. Die wäre für ihre blöden Cousins nie und nimmer ins Bordell gegangen, vorher hätte sie die Heinis in ein Puff gesteckt, damit die sich für Geld bürsten lassen können. So gesehen habe ich die Andjelina ja auch ein wenig gerettet!

Wenn ich schon dabei bin, noch was anderes, ist eher noch persönlicher: Ich glaub, ich hab eine Altersphimose. Habe da so ein Problem, das macht das Pudern nicht einfacher, und das ist ja in unserem Alter eh schon schwer genug, nicht wegen Können, sondern wegen Wollen, das heißt nicht selbst, sondern wer anders!

Ich könnte das mit der Phimose sehr plastisch anhand einer Burenhaut darstellen, ist aber nicht notwendig, weil ich denke, du kannst dir das auch so vorstellen. War deswegen auch schon beim Urologen, nicht wegen dem Pudern, sondern wegen der Beschwerden. Es war eine Urologin! Da hätte ich bald das Falsche gesagt.

Falls du aber glaubst, meine Offenheit über meine Verschlossenheit in deiner bekannt blöden Art kommentieren zu müssen, komme ich bei dir vorbei und führ dir vor, was die Urolgin als Abhilfe vorgeschlagen hat: Ich zieh dir mit einem Schälmesser ein Stück von deinem Piefkezumpferl ab.

Vielleicht hast du es bemerkt, ich bin heute ein wenig milde, fast sentimental, hat wohl damit zu tun, dass ich mich gestern noch auf eine *fact finding mission* zur Konkurrenz begeben habe. Das heißt, ich habe den Stand kurzfristig vertrauten Händen anvertraut, und weil das Wetter so herrlich war, bin ich mit einer hübschen Maus zum Heurigen gefahren. Zur Lustigen Reblaus am Nasenweg – klingt schrecklich, hat aber eine wunderbare Aussicht. Neben der Aussicht haben die dort auch ein massives Hygieneproblem. Zu Vergleichszwecken habe ich einen Fleischknödel, einen Kümmelbraten, ein Fleischlaberl, einen kleinen Grammelstrudel und noch einige Aufstriche getestet, die nicht so schlecht waren, aber bei weitem nicht so gut wie unsere, und das Ganze dann mit einem Liter GV – heißt Grüner Veltliner – und noch ein paar Spritzern gründlich runtergespült. Was folgte, hat mich allerdings dauerhaft um alle Chancen bei der netten Schnecke gebracht. (Keine Angst, war nicht deine Andjelina.) Kaum waren wir bei mir zu Hause und für die nächsten Schritte parat – ich sag nur GV, der andere! –, ging es auch schon los. Du willst gar nicht wissen, wie schnell, in welcher Form und durch welche Körperöffnungen mich alles, was ich zu mir genommen hatte, wieder verlassen hat. Vielleicht können wir, wenn es mir wieder besser geht, kurz über eine Buttersäure-Aktion bei der Reblaus nachdenken. Ich kann das nicht machen, die kennen mich zu gut, aber du, dich kennt ja keiner.

Zum Wohl! Werd's jetzt mit einem Schluck Klosterfrau Melissengeist versuchen, ist so was wie euer Jägermeister, nur besser, härter und stärker.

Bis dann,
B.

[Textdatei The Power of Positive Drinking, 25. Juni]

Armer Balthasar,

Phi? Phi? Du willst mich verarschen, oder? Bleib mir mit deinem Schälmesser vom Leib oder schneid an dir selber rum. Viel zu schnippeln wird's da ja nicht geben. Und über diese Sache mit »Anschi« – Allmächtiger, ihr habt in Wien echt überhaupt kein Sprachgefühl, oder? – werde ich bei Gelegenheit mal mit der Protagonistin selbst sprechen. Das hast du dir doch alles wieder nur aus der Hüfte geleiert, um dich aufzuplustern.

Ich dachte immer, mit Klosterfrau Melissengeist würden sich alte Damen die müden Beine einreiben. Montezumas Rache ist die gerechte Strafe fürs Schwänzen. Was soll das heißen: »Den Stand kurzfristig vertrauten Händen anvertraut« – abgesehen davon, dass das grauenhaftes Deutsch ist? Irgendwelchen von deinen halbseidenen Kumpels etwa? Die uns dann die Ehre antun, in Sichtweite zu verenden? Lass das bitte! Ich vermute sowieso, dass du einfach zugemacht hast. Was schlimm genug ist, du faule Sau. Dienst ist Dienst, und Schnaps ist Schnaps, aber das habt ihr Österreicher noch nie verstanden. Welche vertrauten Hände kennst du denn schon, außer denen von Andjelina? Und die war garantiert mit mir zusammen. Wie, sag ich nicht. Wenn es dich zur Konkurrenz zieht, dann tu das bitte an deinen dienstfreien Tagen, das wird sich ja wohl einrichten lassen.

Andererseits bin ich erleichtert, dass auch du dich wieder dem weiblichen Geschlechte annäherst – statt dich in romantisierenden Erinnerungen an Andjelina zu verlieren –, auch wenn dieser Anlauf noch in der Kloschüssel sein Ende gefunden hat. Es gibt immer ein nächstes Mal, Bruderherz, verschlossenes.

Ganz im Ernst: Zufälligerweise kenne ich diesen Heurigen hoch über der Donau. Da war ich – rate, mit wem? –, aber wenigstens in der Zeit, in der du unsere Würstel brietest. Ich fand den Service extrem langsam und inkompetent, die Hälfte hat die fette Kellnerin vergessen, erst brachte sie einen statt zwei Veltliner, dann vergaß sie das Mineralwasser. Und die Gläser waren dreckig. Als wir uns beschwerten, maulte sie rum und ließ sich noch mehr Zeit. Nur das mit dem Essen hat geklappt, weil man es sich sowieso selbst holen musste. Hat ganz gut geschmeckt, auch wenn Andjelina Stunden später ebenfalls über Magengrummeln klagte. Also, wenn du mir erzählst, wo man Buttersäure herbekommt, bin ich dein Mann. Und wenn du mir deine Karre leihst, fahre ich sogar selbst hin, denn einen Führerschein besitze ich sehr wohl, obwohl ich seit Mamas traurigem Ende nur mehr wenig Lust aufs Autofahren verspüre.

Ich war übrigens auf dem Amt, um eine Genehmigung für Tische und Stühle zu ergattern. Mannomann, ich dachte immer, die Preußen seien große Bürokraten. Aber bei euch ist es noch schlimmer. Da droht ein endloser Papierkrieg, den wir dieses Jahr kaum noch gewinnen werden. Müssen wir die Aktion also aufs kommende Frühjahr verschieben. Ich bleibe am Ball. Bis dahin können wir ja ein paar Stehtische aufstellen und im Herbst Hitzestrahler, auch das würde die Aufenthaltszeit am Praterglück verlängern und unsere Umsätze erhöhen. Mann, sei doch nicht so konservativ und unflexibel! Nur mit Wurstbraten werden wir nicht über den Winter kommen. Einer von uns beiden muss an die Zukunft und die dynamische Entwicklung unseres Unternehmens denken. Von Tante Herta ist außer Früher-war-alles-besser und Handaufhalten nichts zu erwarten. Was hältst du übrigens von ihrem Vorschlag, das erste Vierteljahr des Praterglücks unter neuer Bewirtschaftung mit einem Ausflug in den Wienerwald zu begehen? Wir könnten uns beim Schieben des Rollstuhls abwechseln.

26. Juni
Es regnet wieder Strippen, keine Sau zu sehen. Nur ein paar manische Jogger hetzen die Hauptallee runter. Spinner. Jetzt also zum schwierigsten Thema: bio oder nicht bio? Auch wenn dein Horizont über eine Eitrige und eine Burenwurst nicht hinauskommt – denk einfach an die Kohle, das wirst du schaffen. Mit billig allein ist es nämlich nicht getan. Wir müssen den Leuten schon ein bisschen was bieten. Natürlich keine vegetarischen Würste – das ist ja ein Widerspruch in sich. Und Tofu will ich in

unserer Bude auch nicht sehen. Aber bio und artgerecht ist schon gut. In Berlin gibt es mittlerweile mehrere Imbisse (Würstelbuden), die darauf setzen. Und die Leute stehen Schlange! Wann hast du die letzte Schlange vor dem Praterglück gesehen?

Wenn ich mir deine Umsätze ansehe, hast du die letzten Tage wahrlich keinen Stress gehabt. Mag sein, dass ich den einen oder anderen deiner Bauart mit Mark E. Smith und Paul Weller vertreibe – dafür kommen aber immer mehr Menschen unserer Altersgruppe, die in Erinnerungen an die Zeiten von The Jam und The Clash schwelgen. Da fällt mir ein: Wir haben damals häufig ausgebackene Pizzataschen gegessen, gefüllt mit Käse und Schinken und in die Fritteuse geworfen. Klingt eklig, hat aber super geschmeckt, vielleicht sollten wir das anbieten? Dazu werde ich Joy Division auflegen, und dann erinnern wir uns des seligen Ian Curtis, der sich 1980 in der eigenen Küche erhängt hat. Oder an Jim Morrisons letztes Bad in Paris. Beide sind mit dem Erfolgsdruck nicht klargekommen. Kann uns beiden nicht passieren, was?

Wenn es denn doch so weit kommt, welche Todesart würdest du vorziehen? Höre, der Donauturm ist bei Selbstmördern sehr beliebt in Wien. Fliegen vor dem endgültigen Fall? Klingt gut, aber wie kommt man über das Schutzgitter?

Mein Gott, auf was für Gedanken man kommt, wenn niemand eine Wurst will. Den nächsten Jogger, der hier vorbeihechelt, knall ich ab. Seit geschlagenen zwei Stunden keine Bestellung. Bis auf einen kleinen Jungen, der fragte, was er für zehn Cent bekommt. Seine Mutter hielt ein paar Meter Abstand und feixte. Tolle Mutprobe. Habe ihm zwei Kaugummis verkauft, und er war glücklich. Zehn Cent Umsatz! Wahnsinn! Wie viel gehört davon jetzt Tante Herta, o du, der du schon im Kindergarten mit Philip Kotler spieltest? Wie kommt es eigentlich, dass du dich ständig bescheißen lässt? Sogar in deiner armseligen Phantasie. Unter uns: Philip Kotler ist Ami, und soweit ich weiß, hast du deine liebreizende Heimat noch nie verlassen. Halt – da war ja die Seefahrt, wenn's denn stimmt. Und trotzdem konnte dich der gute Philip bescheißen mit seinen *Zehn Todsünden im Marketing*? Wenn du wenigstens begriffen hättest, was er schreibt, dann würdest du dich meinen innovativen Ideen nicht so störrisch verweigern. Habe sein Buch heute mitgebracht und drin geblättert. Irgendwie muss man ja seine Zeit hier rumbringen, wenn es so scheißheiß ist. Wie nennt ihr das? Hundstage? Gibt's da nicht sogar einen eurer komischen Filme drüber? Wie auch immer: Kleine Auffrischung gefällig?

Todsünde 1: »Unternehmen sind zu wenig kundenorientiert und verstehen nicht, was ihre Kunden wollen.« Siehste: Du glaubst zu wissen, was unsere Kunden wollen (das Gleiche, was sie in Wien schon immer wollten: Eitrige und Burenwurst, pfff).

Todsünde 2: »Unternehmen kennen ihre Konkurrenten zu wenig und haben kein Näschen im Aufspüren neuer Geschäftsmöglichkeiten.« Sag ich doch: Dein kläglicher Ausflug zur Lustigen Reblaus war trotz des hochtrabenden Titels *fact finding mission* von Anfang an zum Scheitern verurteilt. Wir sind eine Würstelbude und kein Heuriger! Auch wenn wir Grünen Veltliner und Zweigelt ausschenken. Über die Qualität der beiden möchte ich lieber nichts sagen. Das ist deine Sache, der Weinbauer ist ja ein alter Kumpel von dir. Schmeckt man leider. Ich dagegen habe mich auch im Ausland umgesehen – und ich sage dir noch mal: bio, bio, bio.

Todsünde 3: »Markenpflege und Kommunikation liegen im Argen, und von Servicepolitik ist wenig zu sehen.« Kommunikation beschränkt sich nicht auf die Beschimpfung der Kundschaft und das Einschalten von Radio Arabella. Markenpflege heißt, nicht immer das Gleiche zu machen. Servicepolitik am Würstelstand könnte zum Beispiel die Bedienung durch Andjelina bedeuten und das Sitzen an Tischen und Stühlen respektive das Stehen an beheizten Plätzen. Geht das nicht in deinen Dickschädel rein?

Die anderen sieben Todsünden sind mir jetzt entfallen, aber das reicht auch so, denke ich.

Kundschaft!

Na bitte, drei Bier, drei Burenwürste mit Brot. Man kommt kaum mit dem Geldzählen nach. Gleich mal die Musik ein bisschen lauter drehen. Johnny Cash mag eigentlich jeder.

Paul

[Textdatei, 28. Juni]

Paul, halt's Maul!

Habe ich jetzt nur geschrieben, weil es sich so schön reimt und so gut zu deinem letzten Brief passt. Du musst wirklich tagelang ohne Kundschaft gewesen sein, dass du einen derartigen Schmarrn zusammenschreibst. Weiß gar nicht, wo ich anfangen soll.

Ich schwör dir, an unserem Stand werden keine Pizza-irgendwas-Taschen verkauft! Klingt ja wie Toast Hawaii, und der ist, soweit ich weiß, seit einigen Jahren verboten, genauso übrigens wie Tapeten mit Ziegelmuster und der Pullunder, den du anhast.

Das mit dem Ausflug in den Wienerwald mit Tante Herta ist ausnahmsweise eine gute Idee. Wir fahren mit ihr irgendwo auf einen Berg und kippen die alte Kuh samt Rollstuhl runter. Dann wäre immerhin ein Problem gelöst.

Meinetwegen probieren wir die Biowurstsache, ich kann's schon nicht mehr hören. Heißt das dann eigentlich, dass wir bisher nur synthetische Würste verkauft haben, wenn ab morgen »Biowurst« draufsteht? Egal. Kauf ganz einfach die Biowurst, und dann sehen wir ja, ob's funktioniert, Punkt! Und bitte, bitte, keine weiteren Abhandlungen mehr über deinen sagenhaften Musikgeschmack. Hör's dir an, aber lass mich damit in Ruhe. Gute Nacht!

He, jetzt zum Geschäftlichen, ein neuer Tag, eine neue Idee – und weit und breit keine Kundschaft. Kein Wunder, bei dem Scheißwetter. Ich bin heute Morgen mehr zufällig als absichtlich, wie das meist bei genialen Ideen der Fall ist, sozusagen in eine Geschäftsidee gelaufen, für die ich aber noch einen Partner brauche. Klingt aufs Erste vielleicht verrückt, hat aber das Potenzial, uns oder mich, je nachdem, wirklich reich zu machen, wenn wir es richtig anstellen. Also Folgendes: In der Nähe vom Stephansplatz hat doch tatsächlich ein Geschäft aufgemacht, die verkaufen dort die berühmte Lipizzanertorte in Dreispitzform, lauter Lipizzanerzeugs, und sage und schreibe auch die Original Lipizzanerkugel! Lipizzanerkugel, so wie die Mozartkugel, von der es mindestens drei Originale gibt und die sich trotzdem wie blöd verkauft. Aber Lipizzanerkugel ist wohl das Letzte. Unter Lipizzanerkugel versteht doch jeder normale Mensch das meist runde Trumm, das auch das feinste Pferd fallen lässt. Und wie ich mir das so überlegt habe, ist mir die Idee gekommen: Wir verkaufen Lipizzanerkugeln, aber echte, d.h. Lipizzanerscheiße!

Ich schwör dir, das könnte ein Verkaufsschlager werden. Natürlich müsste man da ein paar Versuche machen, wie die Pferdekacke gefriergetrocknet und haltbar gemacht werden kann usw. Aber ich glaube, da steckt echt ein wirtschaftliches Potenzial drin. Wobei, wir kriegen so ein Produkt sicher nie genehmigt. Und wie sollen die Amerikaner und Japaner, die die Original Lipizzanerkugeln sicher kaufen würden wie verrückt, den Dreck am Flughafen durch die Kontrollen bringen? Da helfen wohl nicht mal deine angeblichen Chemiekenntnisse. Wie bei so vielen großartigen Ideen scheitert wahrscheinlich auch diese an der fehlenden Genehmigung und der Trägheit des Amtsschimmels. (Vielleicht Amtsschimmelkugeln?) Aber aufgeschoben ist nicht aufgehoben, die Idee gehört nach wie vor mir, und vielleicht kann ich sie ja einem Deppen verkaufen. Im wahrsten Sinne des Wortes eine Scheißidee, aber eine gute. Das bedeutet für dich natürlich stillhalten, nicht dass du gleich wieder jedem dahergelaufenen Idioten von meiner Idee erzählst, bevor ich sie jemandem verkaufen konnte.

Ich werd mir noch einen Klosterfrau Melissengeist auf unsere beschissene Zukunft reinkippen und warten, ob noch wer kommt.

B.

[Rückseite eines Lieferscheins über 10 kg Bioknacker, 30. Juni]

BALTHASAR!

Bist du jetzt völlig durchgeknallt? Lass bloß die Finger von diesem Melissengeist! Das lässt auch psychologisch tief blicken, mein Lieber. Kennst du die schönen Liedzeilen der Stranglers: »Your brain's exposed / and it's starting to show / your rotten thoughts / yuck.« Kennst du sicher nicht. Ist vom Album *Black and White*, bester Punkrock, leider zu heftig fürs Praterglück, das seh sogar ich ein.

Warum erzählst du mir den Sch…, wenn du selbst nicht dran glaubst und mir dann noch unterstellst, ich könnte meine Klappe nicht halten? Reinster Narzissmus! Oder völlige Verblödung? Du kannst nicht mit mir verwandt sein.

Ratlos:
Paul

[Textdatei, 2. Juli]

Paule,

Regen, Wind und Kälte und weit und breit kein Mensch, der sich einen Hot Dog oder eine Burenwurst reinschieben will. Was für ein Scheißsommer.

Na ja, bleibt mehr Zeit, über deine Idee mit meinem Vater nachzudenken, dass er vielleicht schon mal vor mir gestanden ist und ich ihn bedient habe und wir uns nicht erkannt haben, weil wir uns nicht kennen. Das hat was Philosophisches und hat mich noch ein wenig weiter in die Depression gekippt. Ich bin mir dann plötzlich wie eine erwachsengewordene Samenspende vorgekommen, ein eigenartiges Gefühl, so als ob ich aus einem Reagenzglas in die Welt rausschauen würde. Die Vorstellung hat mich etwas mitgenommen.

Wer weiß, wen wir alles treffen jeden Tag und wen wir nie wiedertreffen, nie mehr im ganzen Leben, und uns, wenn wir uns dann aber zufällig doch wiedertreffen, gar nicht mehr daran erinnern können, uns schon einmal getroffen zu haben. So als wären wir allesamt Alzheimerpatienten, die sich ein aufs andere Mal nicht daran erinnern können, einander schon getroffen zu haben, und sich immer wieder unbekannt sind. Meine Herrn, das hat mich beschäftigt, und die Idee, mein Vater rennt da wo rum und ich kenn ihn nicht, und wenn ich ihn hundertmal sehe, werde ich ihn nicht erkennen. Falls er wirklich noch am Leben ist.

Und das war der Gedanke, der mich zur nächsten Klosterfrau Melissengeist begleitet hat. Was, wenn er nicht mehr lebt, und ich schau jeden Mann an, der mir begegnet und im richtigen Alter ist, als könnte er mein Vater sein?

Was, wenn der alte Kacker mit dem doofen Spaniel mein Vater wäre, oder der grauhaarige Jogger, der immer so blöd grinst, wenn er vorbeiläuft, oder der Typ, der gerade vorhin da war und sich hinterher beschwert hat, dass die Burenwurst, die er weggeputzt hat wie nichts, zu kalt war und er nur die Hälfte zahlen will. Meine Herrn, das hat mich nicht fröhlicher gemacht. Apropos – kennst du den Ausdruck: »Meine Herrn, i hob a Rehr'n, von Grinzing bis zum Praterstern«?

Wenn nicht, erklär ich dir das mal. Geht mir schon wieder besser.

B.

[Textdatei Lucy in the Sky with Diamonds, 5. Juli]
Balthasar, laufende Samenspende,

wie soll das biologisch gehen? Nachgerade grotesk wird's ja, wenn du auf philosophisch machst. Obwohl, ein bisschen rührend ist es auch: »Wer weiß, wen wir alles treffen jeden Tag und wen wir nie wiedertreffen, nie mehr im ganzen Leben, und uns, wenn wir uns dann aber zufällig doch wiedertreffen, gar nicht mehr daran erinnern können, uns schon einmal getroffen zu haben.«

LSD? Oder doch nur Klosterfrau? Du hättest wie ich damals in Berlin nach meinen abgebrochenen Studien Taxifahrer werden sollen, dann hättest du noch mehr Gelegenheit gehabt, während du im Regen am Halteplatz auf Kundschaft wartest, über diese Problematik nachzugrübeln.

6. Juli
Habe mit Andjelina über ihre familiären Bande gesprochen. Da tun sich Abgründe auf, mein Lieber. Nicht nur, dass sie offenbar vor ihren rabiaten Onkels und Großonkels geflohen ist. Es könnte auch sein, dass der tote Transnistrier was mit deinen Zuhältern zu tun hat, vor denen du sie angeblich gerettet hast.

Vielleicht wollten die es noch mal bei ihr versuchen. Und das Ganze war eine Art Notwehr, die ihr außer uns natürlich keiner glauben würde. Erst hat sie ihn trunken gemacht, dann ist er aufdringlich geworden, worauf sie ihn in Notwehr niedergestochen hat, spät in der Nacht, lange nach Betriebsschluss. Erstaunlich, was für Kräfte in dem zarten Persönchen stecken müssen. Mit dieser Geschichte würde sie allerdings bei keinem österreichischen Richter durchkommen, drum lass uns schweigen. Jetzt hat sie Schiss vor den andern Russen oder Rumänen aus ihrem Dorf. Und ich auch. Ich habe Schiss vor *allen* Mafiosi, deinen, ihren, was weiß ich. Und du solltest auch Schiss haben, Bruderherz.

7. Juli
Hatte heute eine eher ungute Begegnung mit euren Hooligans. Dabei habe ich es nur nett gemeint. Nebenan im Praterstadion, vulgo Ernst-Happel-Stadion – Happel ist wahrscheinlich neben Schneckerl Prohaska der einzige intelligente Fußballer, den dieses Land seit Generationen hervorgebracht hat –, war ein Länderspiel: Österreich gegen Litauen (oder Lettland?). Jedenfalls habt ihr wieder auf die Fresse gekriegt, 1:3, zu Hause! Dementsprechend war die Stimmung. Auf dem Hinweg waren alle noch

ganz übermütig und haben Wetten über die Höhe des Sieges abgeschlossen und kräftig Schwechater aus der Dose bei uns weggezischt. Nach dem Spiel musste ich sie dann mit weiteren Schwechatern trösten. (Habe es natürlich trotzdem nicht billiger abgegeben, keine Sorge.)

Außerdem habe ich versucht, sie auch inhaltlich ein wenig aufzubauen. Das war allerdings ein Fehler. Ich habe ihnen gesagt, dass ihr Nationalteam soo schlecht nun auch wieder nicht sei – im Vergleich zu den Mannschaften in eurer Operettenliga. Da waren aber ein paar Hardcore-Rapid-Fans dabei, wahrscheinlich die von der braunen Front, und die fanden den Ausdruck Operettenliga nicht so lustig. Dann habe ich versucht, ihnen zu erklären, dass ihr Nationaltrainer immer die falschen Leute aufstellt. Er sollte häufiger auf die Legionäre aus der deutschen Bundesliga zurückgreifen, dort würde noch richtiger Fußball gespielt. Da haben mir zwar einige zugestimmt, aber die Rapidler murrten immer noch und zogen in aller Ausführlichkeit über Bayern München her. Da konnte ich ihnen als alter Hertha-Fan (nein, nicht unsere Tante!) nur zustimmen. Bei der nächsten Runde Bier sind wir uns dann menschlich noch näher gekommen. Was mich übermütig machte und an das legendäre 0:9 der Österreicher gegen Spanien denken ließ. Als ich dann noch das 0:1 und das nicht weniger triumphale 1:1 gegen die Färöer erwähnte, wurden die aufgeblasenen Rapidler echt aggressiv. Ich konnte mich nur dadurch schützen, dass ich schnell den Rollladen von innen heruntergelassen habe. Die Arschlöcher haben noch ein paarmal gegen den Imbiss getreten und sind dann abgezogen. Österreichische Fußballfans haben echt keinen Humor.

P.

[Textdatei, 8. Juli]
Paul, du Dumpfbacke,

Andjelina als Mörderin!? Die sind alle verwandt, alles Onkels, Tanten und Cousinen, und wenn's sein muss, eben Schwestern oder Brüder, so wie wir. Herrgott noch mal, die Andjelina soll dem Schrank von einem Mann vor unserem Würstelstand ein Messer in den Bauch gerammt haben? Und dann ist sie wohl nach Hause, um sich auf dich und dein Würstchen vorzubereiten?

Vielleicht will uns ja wirklich jemand den Mord an dem Verblichenen anhängen? Ich denke, es wäre langsam an der Zeit, dass du dich von Andjelina trennst, vorsichtshalber sozusagen. Schau, dass du so schnell wie möglich die Sache gütlich beendest. Meinetwegen schenk ihr ein Auto, kauf ihr eine Wohnung oder eine Perlenkette, aber ja nicht von unserem Geld. Erzähl ihr, du wärst plötzlich schwul geworden, oder sonst was Glaubhaftes.

Ich habe keine Lust, meine zukünftigen Geschäfte mit einem Bruder, der schon wieder hinüber ist, zu machen. Ich werde Andjelina noch heute entlassen.

Zu den ernsten Dingen: Liebe Tante Käthe, so hieß doch einer eurer weltbesten Trainer, oder? Wenn ein Piefke über österreichischen Humor redet, dann wird es echt schmerzhaft. Natürlich haben unsere Fußballfans Humor, und das zeigen sie auch gerne bei vielen Gelegenheiten im In- und Ausland. Humor heißt aber, dass etwas lustig ist oder interessant oder vielleicht intelligent. Aber was soll bitte daran lustig sein, wenn ein Marmeladinger über den österreichischen Fußball herzieht? Mich interessiert Fußball zwar überhaupt nicht, aber ich hätte dir bei der Gelegenheit auch eine gelangt. Lernt ihr mal Skifahren! Außer beim Fußball seid ihr bestenfalls noch im Taschenbillard Weltmeister, aber damit hat es sich dann schon. Wenn die Rapidler noch mal vorbeikommen, zahl ich ihnen ein Bier.

Balthasar

[Textdatei Lizard King, 11. Juli]
Ach, Balthasar,

manche Dinge lassen sich einfach nicht vermeiden. Zum Beispiel dieser Ausflug mit Tante Herta. Unser *gemeinsamer* Ausflug. Meine Fresse, was für ein Scheißtrip. Entschuldige meine Fäkalsprache. Tante Herta war ja in Topform! Erst heißt es Wienerwald, und dann schleppt sie uns auf den Zentralfriedhof zu ihrem lieben Gatten. Der ist bestimmt beim Würstelbrutzeln umgekippt. Hat sich den Krebs durch die Dämpfe von schlechtem Fett zugezogen, sag ich dir. Transfette! Das soll uns nicht passieren! Weil wir erstens besseres Öl verarbeiten. Und zweitens in dieser Bude nicht alt werden. Ich zumindest nicht. Dafür habe ich nicht Chemie, Germanistik, Philosophie und den Berliner Stadtplan studiert.

Die ganze Zeit hat sie versucht, uns gegeneinander auszuspielen. Und du Depp bist noch drauf eingestiegen! Ihr Hergeziehe über Mama kann sie sich an den Hut stecken. Danke, dass du laut geworden bist, als sie uns weismachen wollte, Mama sei ein lebensuntüchtiges Flittchen gewesen. Ich glaube eher, dass da wirklich was zwischen ihr und Morrison gelaufen ist nach dem Konzert in San Francisco. Schade, dass wir mit ihr nicht mehr drüber plaudern können. Tante Herta weiß ja nicht mal, wer der Lizard King ist.

Allerdings, das Problem mit der Umsatzsteuer, das Tantchen vor dem Ehrengrab von Curd Jürgens angeschnitten hat, ist leider nicht aus der Welt zu diskutieren. Da kommen saftige Nachzahlungen auf uns zu, mein Bester. Die wir uns definitiv nicht leisten können.

Heute ist sie sogar persönlich am Praterglück aufgetaucht und wollte mir erzählen, wie man Würste brät und dass wir unsere Preise zart anheben sollten. Ihr neuer Elektrorollstuhl macht's möglich. Damit ist sie ganz flink unterwegs, die rüstige Alte. Ein bisschen zu rüstig für meinen Geschmack. Dann fing sie auch noch mit unserer Kundschaft eine politische Diskussion an, schimpfte auf die verlotterte Jugend – und führte uns als lebende Beispiele an, die nur aufgrund ihrer täglichen Gnadenerweise einem regelmäßigen Gelderwerb nachgehen könnten. Dich hat sie als notorisch seekranken Matrosen dargestellt (sie wusste also doch von deiner Seefahrt!), über mich erzählte sie, man habe mich von der Uni geworfen, weil ich beim Panschen von Drogen erwischt worden sei. Außerdem sei ich ein gescheiterter Drehbuchautor, selbst meine Pornoscripts hätte in Berlin niemand haben wollen (woher die alte – wie sagst du immer? – Funsn das bloß weiß!?).

Als alle Anwesenden vor Lachen praktisch schon am Boden lagen, erzählte sie als Zugabe, dass du es auch mal als Zuhälter versucht hast. Du hättest dich in den Neunzigern von irgendwelchen Albanern überreden lassen, in Tschechien zwischen Teplice und deutscher Grenze eine heruntergekommene Villa zu kaufen, damit die ein Bordell draus machen können. Die Villa sei heute immer noch heruntergekommen und werde immer noch von Albanern betrieben. Allerdings von anderen als denen, die mit deiner Kohle abgehauen sind.

Woher hast du denn überhaupt die Asche für eine Villa gehabt, Bruderherz? Also, ich vermute schwer, da hat Tantchen ziemlich geflunkert. Da ist ja deine Heldengeschichte von der Errettung Andjelinas noch glaubwürdiger. So was herumzuerzählen nenne ich geschäftsschädigend. Ich hätte große Lust, ihr ein paar Verwandte von Andjelina auf den Hals zu hetzen.

Drei Stunden später:
Besser wäre es allerdings, wenn es wie ein Unfall aussieht. Und am besten sind wir beim Verunfallen von Tante Herta sehr weit weg. Bei unserem Glück landen wir beide noch im Kittchen, und Tante Herta überlebt. Was hältst du von Vergiften? Ich warte auf Vorschläge!

Erwartungsfroh:
Paul

[Post-it an der Innenseite der Tür, 14. Juli]
Hi Pauli,
wenn du heute beim Aufsperren einen Stromstoß bekommen hast, liegt das daran, dass ich den Warnhinweis, siehe unten, versehentlich nicht außen angebracht habe.
B.

[Post-it an der Innenseite der Tür, 14. Juli]
Achtung!
Türgriff steht unter Strom. Nicht berühren!

[Post-it an der Innenseite der Tür, 14. Juli]
Sorry. War eh nicht so schlimm, oder? Hast du dich sehr geschreckt?

[Textdatei, 14. Juli]
Paule,

hab nun, ach, Chemie, Germanistik, Philosophie und Puderei studiert mit heißem Bemühen – und bin so blöd als wie zuvor.

Ich hab ja immer geglaubt, der Vorteil unseres Schriftverkehrs liege darin, dass du mir nicht andauernd dazwischenquatschen kannst. Jetzt habe ich noch einen Vorteil entdeckt. Du kennst doch sicher die Geschichte *Der Fremde im Zug* von Patricia Highsmith. So ähnlich geht's jetzt uns mit der Tante Herta. Sollte ihr was passieren, habe ich deine Briefe in der Hand (die kann man ausdrucken, du Schlaumeier), wo du mir vorschlägst, die Alte kaltzumachen – und du hast meine. Das ist eine tolle Situation, wir sind einander ausgeliefert. Das gute alte Misstrauen ist doch besser als jedes Vertrauen.

Wobei, viele Krimis kannst du nicht gelesen haben, wenn du vorschlägst, wir sollten beim baldigen Tod der alten Kuh weit weg sein. Das Gegenteil ist der Fall: Wir sollten direkt dabei sein und so den Verdacht von uns ablenken. Anders als Herta müssten wir den Unfall halt nur überleben. Auftragskiller, das gibt's nur im Fernsehen. Der würde uns erpressen, und dann stehen wir finanziell genauso toll da wie jetzt. Da können wir ja gleich warten, bis sie von selbst einen sauberen Abgang macht. Nein, nein, wenn wir der Natur wirklich etwas auf die Sprünge helfen wollen, dann müssen wir uns schon selbst was überlegen. Wir können uns zu dem Thema ja mal zusammensetzen, wenn du mir versprichst, auf deine Vorträge zum Thema Musik zu verzichten.

Apropos Musik, ich hatte selbst mal eine Band, ist schon einige Zeit her. Die hatte den wunderbaren Namen *Captain Schlierbacher and the Thirsty Dozen*. Was für ein Name, der hätte sich in der Tat mehr Erfolg verdient gehabt. Irgendwo müssen noch ein paar Aufnahmen herumliegen, kann ich dir ja mal vorspielen. Mach ich aber eh nicht, sonst muss ich mir wieder deine Verarscherei anhören, von wegen »Ist ja rührend« oder ob ich auf LSD sei, nur weil ich ein wenig in die Tiefe gegangen bin. Das mit deiner Drogenvergangenheit ist mir ja ganz neu. Heißt das jetzt, dass du auch schon mit dem Gesetz in Konflikt geraten bist? Und dann markierst du hier das Unschuldslamm! Welche Abgründe werden sich noch öffnen?

Abgründe … Ja, der Friedhofsspaziergang war ein solcher, meine Scheiße! Da habe ich große Lust verspürt, ihr gleich an Ort und Stelle den Hals umzudrehen. Das hätte ich gerne gesehen, wie Onkel Fred beim Würstelbraten Meier ging. Du hast den ja nicht gekannt, aber ich glaub nicht, dass er Krebs oder einen Schlaganfall hatte, der war einfach fett wie ein Radierer und ist wahrscheinlich explodiert oder besoffen kopfüber ins heiße Fett gestürzt!

Zum Glück war ich ja recht entspannt. Das lag daran, dass ich am Vortag ein sehr privates Feierchen hatte, mit einer hübschen Kürbismaus. Kennst du wahrscheinlich, sie ist die Tochter von unserem Weinbauern und liefert hin und wieder den Veltliner.

Übrigens, dass Mama in San Francisco was mit den Doors gehabt haben soll, glaub ich nie und nimmer. Wenn sie überhaupt drüben war. Würd dir wohl so passen, du als der uneheliche Sohn von Herrn Morrison.

Wenn wir uns treffen in Sachen Herta, könntest du mir ja mal deine Pornodrehbücher zeigen, die würden mich echt interessieren.

Pass auf Andjelina und ihre Verwandtschaft auf!
Balthasar

[Textdatei Harry Lime, 17. Juli]
Balthasar,

na, da gratuliere ich doch zur Kürbismaus.

Ich bin ganz gerührt über die Sorgen, die du dir um meine körperliche Unversehrtheit machst (abgesehen von deinem kleinen Scherz mit der Klinke unter Strom ... hat aber nur ein wenig gebritzelt, und erschreckt habe ich mich auch nicht wirklich). Aber sei ganz ruhig: Ich habe ein bisschen Abstand zu Andjelina aufgebaut – die Braut wird mir zu gefährlich. Auch wenn's schwerfällt.

Eine Mörderin zu sein, mein Strafrechtsexperte, hat sie nie behauptet. Das war, wenn überhaupt, Notwehr, und das reicht nicht mal für Totschlag. Der Onkel ist schließlich aufdringlich geworden. Und mit »aufdringlich« meine ich, *richtig* aufdringlich. Aber wahrscheinlich bist du als alter Zuhälter für solche feinen Unterschiede gar nicht empfänglich. Andjelina ist es sehr wohl.

Wie dem auch sei: Ihre Familiengeschichten sind mir einfach zu viel geworden. Ich habe keine Lust, eines Morgens mit einem Messer im Bauch aufzuwachen, nur weil einer ihrer Russenheinis glaubt, ich hätte irgendwie ihre Ehre verletzt.

Sie hat ein wenig geweint, als ich ihr gesagt habe, dass wir uns eine Zeitlang nicht mehr sehen könnten. Na ja, geflennt hat sie nicht wirklich. Unter uns Männern: Sie reagierte enttäuschend abgeklärt. Von wegen Vatersuche oder -ersatz. Bin mir nicht mal sicher, ob sie mich je geliebt hat. Weiber halt.

Da will so ein Depp ein Bier und eine Wurst ...

Da bin ich wieder.

Schön, dass du deine Patricia Highsmith gelesen hast. Hätte gar nicht gedacht, dass du überhaupt Bücher liest.

Vielleicht sollten wir unsere Nachrichten nach erfolgter Lektüre sofort löschen?

Aber sag mal, so ganz unter uns Geheimagenten: Warst du nicht in einem früheren Leben mal Autobastler? Ich sehe dich praktisch vor mir, wie du deinen gestählten Körper schwungvoll unter einen aufgebockten orangenen Ford Capri, Baujahr 1971, schiebst (einen tiefergelegten Opel Manta erspar ich dir jetzt mal, so tief wirst wohl nicht mal du gesunken sein), um die Bremsleitungen zu checken. Genau das sollst du jetzt wieder tun. Und zwar bei Tantchens behindertengerechtem graublauen Golf III. Bei meinem letzten Pflichtbesuch hat sie noch gejammert, dass ihre Vertragswerkstätte so teuer sei, und sie müsse doch wieder zur Inspektion. Das ist deine Chance, bester Bruder. Ran an die Leitungen.

Paul 007

PS:
Während ich so den Würsten beim Brutzeln auf Niedrigsttemperatur zusehe (warum müsst ihr Wiener eure Würste eigentlich immer stundenlang auf Minihitze »braten«, warum macht ihr es nicht wie normalen Menschen und legt sie auf einen anständig heißen Grill, am besten einen Holzkohlegrill? Ich sage dir, da gibt es in Berlin ein paar Stellen, da stehen die Taxifahrer nachts Schlange, in Tempelhof zum Beispiel direkt am Kanal. Dazu eine selbstgemachte scharfe Soße, herrlich. Aber darüber ist mit dir ja nicht zu reden, außerdem ist kein Platz im Praterglück für einen richtigen Grill, also muss ich mit dieser ölverschmierten Wärmeplatte vorliebnehmen, auf der die ar-

men Krainer, Tiroler und Bosnier vor sich hin schnirgeln, bis sie außen hart und innen trocken sind; ich glaube, der verschrumpelte Teufelsgriller ganz rechts außen liegt da schon seit gestern … Aber ihr glaubt ja auch, das Wiener Würstchen kommt aus Frankfurt), also, während die armen Würste so vor sich hin brutzeln, ist mein Blick mal wieder auf dieses rote Ungetüm gefallen, das sich einige hundert Meter von uns entfernt unentwegt durch den Himmel dreht. Darauf könnt ihr nun wirklich stolz sein. Okay, das London Eye ist doppelt so hoch, dreht sich schneller, und die Schlange davor ist dreimal so lang. Aber eures hat Patina, Orson Welles, Joseph Cotton, Romantik. Mensch, da hätte ich mit Andjelina mal 'ne Runde fahren sollen! Sind wir irgendwie nie zu gekommen. Jetzt ist es zu spät. Ich werde sie wohl nie wiedersehen – und ihre nicht nur bucklige Verwandtschaft hoffentlich erst recht nicht.

Weißt du was, Bruderherz? Ich mach jetzt für 'ne halbe Stunde Pause –, die Tiroler, Waldviertler, Krainer und alle anderen können auch mal ohne mich warm werden – und gehe rüber, drehe eine Runde. Das Praterglück von oben, das sind doch mal ganz neue Aussichten, was?

In puncto neue Aussichten: Ich habe dem netten alten Herrn mit dem Spaniel neulich etwas von deiner Lipizzaneridee angedeutet, nur angedeutet, nicht mehr, eher aus Spaß, und der fand die Idee nicht mal so scheiße, vielleicht ist da ja wirklich Potenzial drin. Der kennt sich irgendwie auch mit Risikoinvestment in der Gastronomie aus.

[Textdatei, 20. Juli]
Paul,

du funktionierst noch einfacher als unsere alte Eieruhr, und die ist eines der schlichtesten Werkzeuge überhaupt. Falls du es noch nicht erkannt hast, die Eieruhr ist das lustige Salzfässchen, das man, wenn's oben leer ist, um die eigene Mitte drehen kann. Es ist oben und unten zu, und du bekommst nie was raus, sosehr du auch schüttelst. Habe also schon wieder eine Wette gewonnen. Ich habe nämlich mit mir gewettet, dass der dämliche Paule, der großintellektuelle Supergeist, der Meister Proper der deutschen Geisteslandschaft, sich sofort wichtig- und lustig machen muss, sobald ich von einem Buch spreche. Und tatsächlich, schon kommt's daher, wie bestellt. Vielen Dank, dass du nicht überhaupt in Zweifel gezogen hast, dass ich lesen kann. O du große, helle Leuchte, dein messerscharfer Geist durchfurcht das Land gnadenlos und offenbart, was zuvor jahrzehntelang verdeckt war, o du durch nichts zu überstrahlende Supernova, du einsamer leuchtender Stern am düstern Firmament, wie lange muss ich mir wohl noch deinen Mist anhören?

Aus der Sache mit Andjelina bist du noch lange nicht raus, das kann ich dir garantieren. Aber so hell, wie du bist, wirst du das sicher noch rechtzeitig merken, spätestens dann, wenn dir ein Messer zwischen den Rippen steckt. Andjelina wird den richtigen Leuten schon das Richtige erzählt haben, vor allem jetzt, wo du sie »sitzen«gelassen hast …

Das wird dann hinterher wohl auch Notwehr gewesen sein. Von hinten durch die Brust mitten ins Auge oder so.

Ich habe dich gewarnt. Wer glaubt denn, dass der eigenartige Onkel »richtig aufdringlich« war. Glaubst du, so ein Onkel vergreift sich an der eigenen Familie? Das passiert vielleicht bei euch in Deutschland Tag für Tag und in Oberösterreich oder im Burgenland am Wochenende, aber bei dieser Geschichte war bestimmt nicht Aufdringlichkeit im Spiel, sondern ganz einfach Geld. Ich kenn doch diese Typen. Der Onkel hat versucht, mit den falschen Leuten die falschen Geschäfte zu machen. Und deine Andjelina war bestenfalls ein Lockvogel, mehr aber nicht. Meier gemacht hat ihn wer anders, darauf kannst du einen lassen, und du solltest besser achtgeben, wenn der eines Tages hinter dir steht.

Kommen wir zu Tante Herta. Deine kriminelle Phantasie ist wirklich recht bescheiden. Ja, ich war Automechaniker, und ja, ich habe einen Manta gefahren, einen von der ganz scharfen Sorte, Capri war's irgendwie nicht. Die Capris waren teurer als die Mantas, und man konnte an denen wesentlich weniger rumschrauben. So viel zum Manta, da wird dein vorurteiliges Herzchen wieder fast zerspringen vor Vergnügen. Der Manta ist übrigens schon lange hin, und der, der ihn gekauft hat, auch. Er hat sich mit dem feinen Wägelchen am Ende der Brünnerstraße um einen Leitungsmast gewickelt, mit einer bis heute unübertroffenen Höchstgeschwindigkeit von 189 km/h –, und das in einer langgezogenen Kurve. Das wissen wir deshalb so genau, weil die Verkehrskieberer genau an dem Abend eine Schwerpunktaktion mit Radar und so gemacht haben. War ein tolles Auto.

Also zu Tante Herta: Wie stellst du dir das vor, »an der Bremsleitung herumschrauben«? So was gibt's nur im Film. Wie soll ich denn die Bremsleitung manipulieren, dass sie genau dann eingeht, wenn die Alte auf der Autobahn überholt, und nicht, wenn vielleicht gerade du vor der Karre stehst? Wäre aber auch lustig. Das mit dem Automanipulieren geht so nicht. Da ist es einfacher, wir packen ihr eine Sprengladung rein.

Aber sie hat jetzt doch diesen elektrischen Rollstuhl, Carello, oder wie das Ding heißt, mit dem sie zum Einkaufen und zum Kartenspielen ins Kaffeehaus fährt (und uns an der Würstelbude besucht) und der immer den ganzen Gehsteig versperrt. Das Ding kann schon weit einfacher umgebaut werden. Und so ungeduldig, wie sie immer ist, passiert es leicht mal, dass ihr ein Fehler beim Aufladen des Geräts unterläuft. Dann wird sie gegrillt und schaut aus wie dein verschrumpelter Teufelsgriller. Hast du dem eigentlich schon einen Namen gegeben?

Ich werd mal schauen, ob wir den Carello beim nächsten Aufladen irgendwie an den Starkstrom hängen können. 380 Volt in Kombination mit einer feuchten Sitzfläche – dafür sorgt sie ja selbst – sollten ausreichen, um der Herta eine rasante Himmelfahrt zu verpassen. Oder wir lassen sie, verrückt, wie sie ist, einfach am Gugelhupf einliefern und entmündigen sie. Mal schaun.

Übrigens: Wenn du noch mal jemandem von meiner Lipizzaneridee erzählst, werde ich *dich* auf den präparierten Rollstuhl setzen, du dauerbrabbelnder Schwachkopf.

Balthasar

[Textdatei Manta, 24.–27. Juli]

Manta, Manta,

o du mein Widerpart, Stachel in meinem Fleisch, intellektuelles Fliegengewicht, warnendes Beispiel, virtueller Gesellschafter an kundenarmen, herbstlichen Praterabenden im Hochsommer. Wenn es dich nicht gäbe, müsste man dich erfinden, damit die Supernova nicht eines Tages platzt. Du musst dir meinen »Mist« so lange anhören, wie wir das Praterglück betreiben und Tante Herta fröhlich ihren unverdienten Ruhestand genießt. Und, mal ehrlich und ganz unter uns, Bruderherz, mittlerweile lässt du dich doch schon ganz gern von mir anpinkeln, oder?

Zur Sache mit Andjelinas Onkel: Wo lebst du eigentlich? Wieso soll ein heimatloser Macho nicht aufdringlich werden können? Da stecken die »falschen Geschäfte mit den falschen Leuten« dahinter? Kann sein, da kennst du dich ja aus, Mr Bisnismän.

Wie erzählte doch Tantchen letzthin so beredt – die Geschichte mit den Gebrauchtwagen gleich nach der Wende, wirklich köstlich: Du wolltest den Rumänen alte Fiats andrehen, die du persönlich von Wien nach Bukarest kutschiert hast. Wie oft bist du gefahren? Echt 28 Mal? Und dabei nur 16 Mal angekommen? Der erste Fiat ist gleich bei Hainburg verreckt, der dritte kurz hinter Budapest. Und die, die du heil nach Bucuresti verbringen konntest, haben dann so wenig eingebracht, dass du dir kaum die Rückfahrt leisten konntest. Nach einem Jahr hast du dann eingesehen, dass es gen Osten nicht funktioniert und das europäische Wirtschaftsgefälle irgendwie gegen dich ist. Vielleicht hättest du weiterfahren sollen bis nach Transnistrien?

Was waren das denn nun für Geschäfte, die du mit den Balkanesen getätigt hast? Burgenländisches Hackfleisch, fertig gewürzt für Cevapcici nach Dubrovnik geliefert? Oder *I love Ustascha*-T-Shirts nach Belgrad? Sind da vielleicht noch ein paar Rechnungen offen? Und musste deshalb der Typ dran glauben? Ist der vielleicht gar nicht aus diesem komischen Transnistrien? Sondern ganz normal vom Balkan? Allerdings kann ich mir einen messerbewehrten Balthasar im Halbdunkel der Prater-Hauptallee nicht recht dabei vorstellen, wie er den Attentäter massakriert, der ihm nach dem Leben trachtet, weil er dessen Familienvermögen in todsichere Risikofonds investiert hat.

Du kannst mich ja bei Tantchens vorzeitigem Ableben eines Besseren belehren … Du feige Nuss weigerst dich ja schon, an Hertas Golf zu schrauben. Ist doch scheißegal, wann sie sich mit ihrem Golf überschlägt, ich werde garantiert nicht in der Nähe sein. Hauptsache, sie tut es! Bitte, versuch dein Glück mit Carello und 380 Volt, aber pass auf, dass du dich nicht selbst grillst.

Obwohl, grill dich ruhig selbst.

Nein, nein, hab mir das noch mal überlegt: Mit Tantchen allein am Grill wäre noch schlimmer, als mit dir zu streiten.

Was bitte ist ein Gugelhupf? Ich weiß schon, man kann ihn essen. Aber wie kann man am Gugelhupf eingeliefert werden?

War übrigens während deiner letzten Schicht mal wieder in meiner alten Heimat. Billigflüge und das dann doch noch florierende Geschäft im sonnenreichen Spätjuli machen's möglich. In der Hauptstadt gibt's jetzt Pommes und heiße Würstchen aus dem Automaten. Schmeckt scheiße, funktioniert aber Tag und Nacht. Hoffentlich führen die das nicht auch in Wien ein.

Habe bei der Gelegenheit Barbara einen Besuch abgestattet. Allerdings ohne heiße Würstchen aus dem Automaten. Die gute alte Barbara. Sex mit der Ex ist besser als ein Messer im Rücken. Und den Hölderlin hab ich auch gleich mitgenommen, für alle Fälle.

In diesem Sinne:
Paul, die Supernova

PS:
Balthasar, heute ist ein komischer Typ am Praterglück aufgetaucht. Der sagte, er kennt dich von früher, aus gemeinsamen Bodybuilderzeiten. Er sah dir auch irgendwie ähnlich, genauso aufgebläht wie du. Er meint, du hast mit ihm Geschäfte gemacht, Sportlernahrung verhökert, die er hergestellt hat. Dann ist da wohl was schiefgegangen, es hat ein paar Gesundheitsprobleme bei euren Kunden gegeben. Und du hast dich vertschüsst. Er hat mir eine tränenreiche Geschichte erzählt, wie es ihm danach ergangen ist. Ihn hat man drangekriegt, er musste für eine Weile einfahren. Jetzt ist er aber wieder da und will eine Art Wiedergutmachung. Wie viel, hat er nicht genau gesagt, aber da wird wohl ein bisschen was zusammenkommen.

Also, keine Ahnung, wie du dich da jetzt rauswinden willst. Ich hab dir seine Visitenkarte neben den Senfeimer gelegt. Ruf ihn mal an, vielleicht lässt sich das in aller Güte regeln. Obwohl der, ehrlich gesagt, nicht so aussah, als könnte man mit ihm in aller Güte reden. Der wirkte ziemlich angefressen. Ich hab ihm eine Wurst und zwei Bier ausgegeben. Zieh ich dir von deinem Anteil ab. Vielleicht können ihn ein paar große Scheine besänftigen …

Glück auf, Bruderherz!

[Textdatei, 28. Juli]

Joo, Bruder

Dass du nicht weißt, wo und was der Gugelhupf ist, ist bei deiner Sozialisierung in einem ostdeutschen Baumarkt ja zu verstehen. Das Schreiben von Katalogtexten für gebrauchte Ziegel und Dachlatten hilft da halt nicht weiter. Nun entwickelst du dich mit deiner arroganten Allwissenheit auch noch zu einer veritablen Krätzn. Ein Ausdruck, den du sicher auch nicht kennst. Da kann Abhilfe geschaffen werden. Schau halt mal in ein richtiges Lexikon rein und nicht immer nur in deine Musikheftln. Da wirst du dann zum Beispiel das finden: »Gugelhupf: Napfkuchen; auch Irrenhaus, da Joseph II. einen Narrenturm baute, der die Wiener wegen seiner zylindrischen Form an den Kuchen denken ließ«, und: »Krätzen: Hautkrankheit (Scabies); fig.: unangenehmer Mensch«. Und schon wieder hör ich dich höhnen: »Oh, du kannst ja lesen, hast gar ein kleines wienerisches Lexikon dabei«, usw. Ja, hab ein kleines Lexikon, in das ich gerne schau, dann hab ich noch den *Schatz im Silbersee*, den hab ich aber vor vielen Jahren verliehen und nie wiederbekommen, und noch zwei, drei alte Kochbücher und eine hilfreiche Anleitung zur nachhaltigen Unkrautvernichtung, dass nur nicht mal etwas durcheinanderkommt, und natürlich zahllose Heftln, Herrenmagazine also. Kann dir gerne mal ein paar leihen. So, nun ist dein Bild von mir noch ein wenig kompletter.

Schnell zur Tante also. Dass du sie nicht um die Ecke bringen wirst, davon bin ich überzeugt, du kannst aber davon ausgehen, dass ganz sicher Spuren von dir zu finden sein werden, wenn ihr denn eines schönen Tages auf ihrem Weg vom Hier in ein besseres Dort geholfen wird. Du musst wissen, dass ich, wie du sicher schon angenommen hast, in meinen kurzen Pausen von den Herrenmagazinen ununterbrochen in den Fernseher glotz und mir vor allem Serien wie *CSI* und *Without a Trace* ansehe, sozusagen als Fortbildungsprogramm.

Der Plan mit dem elektrisierten Rollstuhl war nicht wirklich schlecht, sondern hat im Gegenteil sehr gut funktioniert. Aber wer kann schon ahnen, dass sich der freundliche Herr Nachbar aus dem zweiten Stock, der auch nicht mehr der Jüngste ist, die doch recht resche Frau des Hausmeisters hernimmt, und das dann auch noch auf Tante Hertas Elektrorollstuhl im Hausflur. Das muss ein echter Scheißanblick gewesen sein: die beiden mehr oder weniger gegrillt auf dem Rollstuhl, er seine Hosen unter den Knien und sie mit offener Mantelschürze. Angeblich war es gar nicht einfach, die beiden wieder auseinanderzubekommen. Wie würdest du das nennen:

coitus interruptus ultimus? Auch wurscht. Auf jeden Fall, der Hausmeister ist seine Frau los, und die Alte ist quicklebendig wie eh und je.

Der herzlosen Tante tut's nur um ihren Rollstuhl leid, und bis das Ding repariert ist, dürfen wir wieder mit ihr zum Einkaufen fahren. Das wirst aber du übernehmen, da kannst du dann wieder lauter neue Geschichten über mein früheres Leben erfahren. Der Haumeister selbst scheint vom Ableben seiner Hausmeisterin gar nicht so sehr betroffen. Es wird im Haus gemunkelt, dass ihm eine ansehnliche Lebensversicherung ins Haus steht. Vielleicht sollte ich eine Provision bei ihm kassieren.

Werden uns jetzt wohl was anderes mit der Tante überlegen müssen. Blöd, dass noch nicht Weihnachten ist, da könnte der Adventskranz abbrennen, der Christbaum explodieren oder ein Vanillekipferl vergiftet sein. Aber, von wegen feige Nuss, eigentlich wärst du jetzt an der Reihe mit einem Versuch am Objekt Tante Herta.

Und noch was zum Schluss. Dir muss da fremdharntherapeutisch etwas durcheinandergeraten sein. Ich lass mich nicht gerne von dir anpinkeln, und wenn du es einmal versuchen solltest, dann war es ganz sicher das Allerletzte, was du je versucht haben wirst.

Viel Glück, Mörder-Paule, bei deinem Projekt Herta!
Dein talentierter Herr Bruder Balthasar

PS:
Ja, ja, und wenn nächste Woche noch so ein debiler Rübezahl vorbeikommt, dann gibst du ihm wohl auch ein

Bier aus? Du wirst mir genau nichts von meinem Anteil abziehen, hast wohl zu fett gefrühstückt. Ich glaub, ich komm schnell vorbei und hau dir eine rein, Vollidiot! Der Wappler sieht mir ähnlich? Was ist mit dir los? Ich habe mit dem Eierkopf keine Geschäfte gemacht. Der ist so blöd, dass es quietscht. Der hat wohl was von Supergeschäften mit Muskelfutter erzählt, aber gemacht hab ich mit ihm nie etwas. Die weiche Birne hat er, weil er seinen gepanschten Anabolikadreck selbst gefressen hat. Wenn er noch mal kommt, stopf ich ihm seine Visitenkarte in den Hals und setz ihm den Senfeimer auf!

[Textdatei Wolferl, 31. Juli]

Ach, Balthasar,

Tantchen war ganz gerührt, als ich ihr am Sonntag die Pastete in die Wohnung nach Hietzing brachte. Mit solchen Liebesbeweisen hatte sie wohl nicht mehr gerechnet. Und ich war schon fast so weit, auf mein schlechtes Gewissen zu hören und das Ganze wieder einzupacken. Aber wie hätte das ausgesehen? Also saß ich in Hertas Wohnzimmer und sah ihr beim Spachteln zu.

»Nimm dir doch auch was von der leckeren Pastete, lieber Neffe«, sagte sie. »Ach nö, Tantchen«, sagte ich. »Ich habe schon beim Kochen so viel genascht, mir ist noch ganz schlecht.« Bald wurde auch Tantchen schlecht, Reue und Erleichterung lieferten sich in meiner Seele einen kurzen Kampf. Tantchens Kampf war länger, röchelnd hing sie auf dem Sofa und fuchtelte mit der Hand in Richtung Telefon. Ich tat so, als würde ich nicht verstehen, lief aufgeregt im Zimmer auf und ab, um Zeit zu gewinnen. Als aus dem vermeintlichen Todeskampf gewöhnliche Koliken wurden, blieb mir nichts anderes übrig, als einen Krankenwagen zu rufen. Ich begleitete sie als Angehöriger auf ihrem schweren Gang, der leider nicht ihr letzter war.

Dabei ist doch das Wolferl an diesem Aqua Tofana gestorben. Mozart kennste, oder? Neider (Salieri?) sollen ihn damit vergiftet haben. Bei Tantchen hat es leider nur für ein paar Tage Spital gereicht. Ich hätte vielleicht die Dosis höher ansetzen sollen.

Den nächsten Versuch darfst gerne du wagen. Ich sag nur: Bremsleitungen am Golf!

Unser gemeinsamer Spaziergang mit Tantchen auf dem weitläufigen Gelände in Lainz war ja nachgerade überraschend harmonisch – wozu auch deine Erzählung über die Mordreihe in den alten Gemäuern beitrug. Ich fand die Vorstellung, dass in der geriatrischen Abteilung, die nun leider leer steht, diverse Senioren von Todesengeln in Schwesternkluft ins Jenseits befördert wurden, recht inspirierend. Tantchen fand das wohl nicht so lustig, geschieht ihr ganz recht. Das ewige Gezeter kann einem schon mächtig auf den Sack gehen.

Ich glaube nicht, dass sie was ahnt. Das Krankenhauspersonal war ganz gerührt, wie sich die Neffen um ihre alte Tante kümmerten. Die haben ja auch nicht mitgekriegt, wie sie uns genervt hat: Tut dies, tut das, warum habt ihr mir kein Obst mitgebracht, warum bringt ihr mir Nelken mit, ich hasse Nelken, das sind Blumen für Tote, wer brät eigentlich unsere Würste, wenn ihr hier ständig herumlungert – aber du warst ja dabei. Dabei war ich erstaunt, dass du überhaupt an Blumen gedacht hast. Und Rosen hätte ich auch etwas übertrieben gefunden.

Jetzt ist Tante Herta wieder zu Hause. Ich habe sie gebracht. Ein bisschen schwächelt sie noch, aber schimpfen tut sie schon wieder wie ein Rohrspatz. Ich wünsch dir jedenfalls viel Spaß bei der Verwandtschaftspflege. Mein Giftschrank ist leider leer.

Etwas ratlos:
Paul

[Textdatei, 4. August]
Ja, Paul,

ratlos bin ich auch. Meine Scheiße, die Besuche im Krankenhaus waren schlimmer als der Ausflug auf den Friedhof. Ein Tag länger, und ich hätte mich selbst in einen Todesengel verwandelt.

Dein Giftschrank ist leer? Dass ich nicht lache, da war nie was drin in deinem Giftschrank. Die Alte hat sich selbst vergiftet, das hat mir der Arzt gesagt. Wahrscheinlich hat sie, gierig und geizig, wie sie ist, ein altes Fleisch gegessen oder eine hinige Wurst oder sonst einen Abfall aus dem Sonderangebot. Gift war es auf jeden Fall nicht, verehrter Herr Möchtegerngiftmörder. Hätte dir so gepasst, die Alte bringt sich vor lauter Gier selbst um die Ecke, und du heftest dir das an die Brust. Deine Pastetengeschichte ist ja gut und schön, aber eben nur erstunken und erlogen. Ich tippe mal, du hast ihr ganz einfach eine eigenwillige Mischung aus verschiedenen Abführmitteln serviert und gehofft, dass die Tante sich sozusagen aus dem Leben scheißt. Das in Kombination mit der selbstgemachten Fleischvergiftung der Tante hat sie dann aber bloß nach Lainz und leider nicht auf den Zentralfriedhof gebracht.

Ja, Krankenbesuche bei Tante Herta, das hat schon was. Das ist wahrscheinlich nur mehr durch eine Wurzelbehandlung ohne Narkose zu überbieten.

Hoffentlich kommt niemand auf die Idee, mal nachzusehen, ob sie sich die Wurstvergiftung beim Praterglück geholt hat, dann haben wir das Marktamt am Arsch, und das ist nicht lustig, die sperren uns – eins, zwei – die Hütte zu. Und ich schwör dir, wenn einer vom Marktamt an deinen Biowürsteln riecht, auf die du so stolz bist, dann gute Nacht, dann ist es vorbei mit dem Praterglück. Wie die schon aussehen, schrumpelig wie ein Nacktmulch. Und einen einwandfreien Herkunftsnachweis hast du von deinem Biobauern ja auch nicht bekommen. Du weißt ja noch nicht einmal, was da drin ist außer Bio. Vielleicht war der Bauer schlauer als wir, und wir verkaufen da fein abgepackt in Naturdarm seine Tante Herta. Die Würste hab ich auf jeden Fall weggeschmissen. Sicherheitshalber gleich alle!

Hast vielleicht selbst auch ein wenig von den Würsten gekostet, das würde allerdings einiges erklären, zum Beispiel warum du unablässig so viel Mist ablassen kannst. Ja, ja, »Mozart kennste?«. Wirklich gut. War das nicht der, mit dem unser Falco einen Ofen durchgezogen hat, bevor er in der Dom-Rep einen Bus angehalten hat? Apropos kennste: Gestern hab ich die Andjelina mit einem Typen gesehen, und das warst eindeutig nicht du …

Deine Idee mit der Bremsleitung funktioniert nur im Film. Das hab ich dir schon mal auseinandergesetzt. Wie soll die Tante auf dem Weg von Hietzing zu ihrem Arzt im ersten Bezirk verunglücken? Das ist ja keine Rennstrecke. Sie kann bestenfalls in ein parkendes Auto krachen und dann vor Schreck sterben, was bei ihrer Robustheit aber eher unwahrscheinlich ist. Weshalb hast du eigentlich nicht ihre *Kronenzeitung* angezündet, als du bei ihr warst? Es muss ja nicht gleich das ganze Zinshaus abbrennen, eine Rauchgasvergiftung hätte gereicht. Eine Sprengfalle wäre sicher auch wirksam, aber da sind wir die Ersten, die man verdächtigt. Noch dazu, wo ich in der Branche schon Erfahrungen gesammelt habe.

Nein, ich habe niemanden gesprengt, aber einige Leute im hinteren Rumänien im Umgang mit Sprengstoffen ausgebildet – wo die doofe Tante erzählt, ich hätte Autos geschmuggelt –, und ich glaube, dass darüber auch was in meiner Akte steht. Gift wäre also die beste Lösung, aber nicht ein von dir gebrauter Abführcocktail, sondern etwas, das wirklich wirkt. Oder wir flößen ihr Schnaps ein, bis sie kaputt ist. Sie sauft ja noch ganz gern. Und wenn wir sie abwechselnd besuchen und immer mit einem Selbstgebrannten zukippen, dann muss die alte Schachtel doch irgendwann ex gehen, oder? Sie hat ja auch diesen Medikamentenwahn und frisst alles, was nur entfernt nach Tablette aussieht. Da muss doch was dabei sein, was sich mit Alkohol nicht verträgt. Ist zwar ein hartes Stück Arbeit, aber es könnte klappen. Sei's drum, ich starte heute oder morgen die Alkoholkur mit einem Obstler aus dem Waldviertel, der haut ordentlich rein. Und wenn das nichts hilft, gibt es beim nächsten Mal eben Vorlauf.

Als dann, zum Wohl!
Balthasar

[Textdatei Tote leben laenger, 8. August]
Pfff,

deine Behauptung, du hättest Serben / Kroaten / Albaner / Rumänen im Umgang mit Sprengstoff ausgebildet, buche ich jetzt mal unter *gut erfunden* oder *im Suff geträumt* ab.

Darin scheinst du ja eh bewandert zu sein ... Als ich jüngst, also gestern, fünfzig Prozent der Kohle meiner Dreitageschicht (vom Gewinn!) bei Tantchen ablieferte, lief mir doch der Hausmeister samt Gattin quicklebendig vor die Füße. Die gute Frau sah überhaupt nicht gegrillt aus. Ich habe es mir dann gespart, beim Nachbarn zu klingeln. Wer auch immer mit dem Rollstuhl gespielt hat, Hausmeister und Nachbarn waren nicht dabei. Und Tantchen leider auch nicht.

Ich geb's auf mit dem Bremsschlauch. Das mit dem Schnaps könnte lustig werden, klingt allerdings nach einer langwierigen Angelegenheit. Aber bitte, das können wir als Parallelaktion auf jeden Fall versuchen. Mit Parallelaktionen habt ihr ja Erfahrung in Wien. Ich hoffe, du kennst deinen *Mann ohne Eigenschaften* ...

Heute hatte ich das Vergnügen, mich mit einem Kunden – es war dieser freundliche ältere Herr mit Hund, der in letzter Zeit jeden Tag hier auftaucht – über euer Musikerbe zu unterhalten. Und da ging es nicht ums Wolferl, sondern um Falco, Ambros und so ein komisches Lied von einer Marianne Mendt, von der ich ehrlich gesagt noch nie was gehört habe. Und du weißt, von populärer Musik verstehe ich ein bisschen was. Das lief auf Ö3. Ja, manchmal höre auch ich Radio. Man möchte auf dem Laufenden bleiben. »Wenn i nur waaas, er kommt nach Haus zu mir, dann kumm i mir vor wie a Glock'n, die vierundzwanzig Stunden läut'.« Wahnsinnig poetisch. Hat der Bronner im Taxi zum Studio hingerotzt, hat mir unser Stammkunde erklärt. Hat sich trotzdem millionenfach verkauft, also, in Österreich. Austropop: Da gibt's nix zu lachen für Piefkes. Gezählte neun Wurstesser am Praterglück wippten mit den Köpfen im Rhythmus dazu. Ein schönes Bild.

Tantchen war übrigens vorhin da, der geht's mittlerweile so gut, dass sie sich sogar ohne Rollstuhl fortbewegen kann. Beängstigend fidel kam sie hinter ihrem Rollator angehumpelt, keifte einen Kunden an, der seine fettige Burenwurst-Pappe nicht entsorgt hatte, und wollte schon wieder Bares von mir. Musste ihr einen großen Schein rüberreichen. Immerhin lassen die Umsätze das momentan zu.

Was treibt die Alte mit der ganzen Kohle? Unserer Kohle! Ob sie gleich ins Casino hinten im Würstelprater gegangen ist? Vielleicht sollten wir mit ihr einen gezinkten Pokerabend veranstalten und sie hochreizen bis zum Herzkasper – und dann flachlegen mit einem Royal

Flush. Zusammen mit dem Vorlauf deines Gebräus aus dem Waldviertel (und vielleicht noch etwas Tofana, mal schauen, vielleicht ist ja noch ein Rest da) wär das eine todsichere Angelegenheit. Und pokern kann ich, mein Lieber, damit bin ich in einschlägigen Lokalen an der Potse groß geworden.

Paul

PS:
Angesichts der Schlieren jeden Morgen neben unserer Fritteuse trauere ich Andjelina schon nach. Aische bringt's einfach nicht. Der Typ, mit dem du Andjelina gesehen haben willst, war bestimmt ein Verwandter von ihr. Außerdem, was geht's mich an. Ob ich sie mal anrufen soll? Hm, Bruder? Aber wahrscheinlich stimmt ihre Handynummer nicht mehr. Die wechseln doch ihre Prepaid-Karten wie wir unsere Unterwäsche.

[Textdatei Ma Baker, 10. August]
Hallo Paule,

unerschöpflicher Quell meiner Heiterkeit. »Die Alte hochreizen und mit einem Royal Flash flachlegen« klingt echt super. Das Flachlegen überlass ich in dem Fall aber lieber dir, und pass auf, dass du dabei keine Wischstreifen hinterlässt! Mich hätte sie beinahe wirklich flachgelegt. Leck du mich, kann die Alte was wegstecken, mir ist jetzt noch schlecht. Ich konnte mich am nächsten Tag nicht mehr dran erinnern, wie ich nach Hause gekommen bin, und habe über eine halbe Stunde nach meinem Auto gesucht, bis mir eingefallen ist, dass ich doch nicht gefahren bin, sondern wohl ein Taxi genommen habe oder gekrochen bin, so wie ich ausgeschaut habe.

Nach dem dritten oder vierten großen Schnaps ist die alte Herta zwar nicht zutraulich, aber redselig geworden und hat mir ein paar Anekdoten aus ihrer Jugend erzählt, dagegen sind wir echt Chorknaben. Ich bring leider nicht mehr alles auf die Reihe, da ist einiges im Schnapsnebel untergegangen.

Sie oder ihr Frühverblichener waren wohl in der Wiener Halb- und Unterwelt nicht ganz unbekannt und sind auch vor kleineren Gewalttaten nicht zurückgeschreckt. Sie hat da so einen eigenartigen Ausdruck wie »Auftragswatschen« benützt, hatte wohl zu bedeuten, dass ihr Fred hin und wieder jemandem eine gelangt hat, und dafür ist das Praterglück von unerwünschter Kundschaft frei gehalten worden oder so ähnlich, wie gesagt, Schnapsnebel.

Wenn sie das nächste Mal Geld von dir verlangt, gib's ihr einfach. Ich glaube, sie hat noch immer gute Beziehungen zu großen Männern, die in ihrer Freizeit gerne mal brutal sind, vor allem wenn sie dafür Geld kriegen. Ich sag nur: Ma Baker! Wenn mich nicht alles täuscht, hat sie sogar was in der Richtung angedeutet, sie hätte gehört, wem der jetzt tote Transirgendwas vorher im Weg war. Irgendwie war da noch eine Rechnung offen, oder es hat vor Jahren mal Revierstreitigkeiten gegeben, oder es hat sogar etwas mit dem frühen Tod ihres Mannes zu tun. Ich habe immer geglaubt, der hätte sich aus Langeweile zu Tode gefressen und gesoffen, dabei hat der in irgendwelchen höchst lukrativen und steuerfreien Geschäften, die eindeutig nichts mit Würsteln zu tun hatten, die Fäden gezogen. Ich glaube, wir müssen aufpassen, dass nicht sie uns eines Tages kaltmachen lässt!

Apropos Würstel: Es heißt nicht Würstelprater, sondern *Wurstel*prater, lieber Freund aus dem Norden. Der Name bezieht sich nämlich nicht auf das Würstel, das wir verkaufen, sondern auf den Wurstel, der eine kasperlartige Figur ist, was aber auch wieder gut zu dir passt.

Du unterhältst dich ja gerne mit dem alten Trottel, dessen arthritischer Spaniel jedes Mal an unseren Stand brunzt. Worüber tauschst du dich mit dem eigentlich aus? Über Musik? Hoffentlich nicht über Lippizanerkugeln. Er ist immer ganz traurig, wenn er sieht, dass ich Dienst habe, und schwärmt mir dann ganz verliebt vor, was man mit dir nicht für geistreiche Konversation treiben kann. Ja, genau so drückt er sich aus. Also, mein Fall ist der nicht, ich stell ihm sein Achtel Rot hin und seine Debreziner, und damit hat es sich. Immer wieder versucht er mich anzuquatschen oder einem Gast dies und das zu erzählen, was kein Schwein interessiert. Vielleicht sollten wir den mit der Tante Herta verkuppeln, oder vielleicht hatte der ja mal was mit ihr und ist deshalb so ein treuer Gast.

Zum Thema Frauen: Die wippende Andjelina. Bei der wippt wohl einiges mehr als der Rossschwanz, den sie übrigens gar nicht mehr hat. Jetzt trägt sie das Haar offen, und die neue Frisur steht ihr sehr gut. Hab ich dir erzählt, dass sie mich neuerdings immer mal wieder im Praterglück besucht? Ohne Anhang. Wir waren auch einmal hinterher noch unterwegs, es war fast wie früher, ein netter Abend, eine nette Frau und, wie gesagt, sehr talentiert. Das kann man von der neuen Putze ja nicht gerade behaupten, die geht mir ziemlich am Kreuz vorbei. Heißt die wirklich Aische, wo hast du die denn her?

Irgendwie glaubst du offensichtlich, dass deine wenig subtile Wien-Kritik mich trifft. Ist aber nicht. Mich haben sie ja als Kind nach Vorarlberg geschickt für einige Jahre und zur Erziehung, als unsere Mutter entschieden hat, nach Deutschland zu gehen, um dort ihr Glück zu finden. Über das Erziehungsheim Jagdberg, das ich dort genießen durfte, erzähl ich dir vielleicht ein andermal. Der Jagdberg war in Schlins, das ist das Nachbardorf von einem Ort mit dem eigenartigen Namen Satteins, das ist so, wie wenn es ein Dorf namens Prosieben geben würde. Im Ländle am Bodensee lernt man vielleicht nicht viel, auf jeden Fall aber eine große und gesunde Distanz zum Wienertum. Also, mir ist deine Häme recht herzlich egal.

Schau, da kommt tatsächlich die Andjelina, fesch wie immer, na dann.

Bis die Tage oder »Heile«, wie der Vorarlberger sagt.
Balthasar

[Textdatei Big in Japan, 14. August]
Balthasar, Bruder, Quell endloser Inspiration,

das Geschäft läuft super, kein Sommerloch im Praterglück, zumindest nicht wenn ich Dienst habe, bald haben wir den Verlust aus dem Juni wieder drin, und die Umsatzsteuer können wir uns auch bald leisten. Eben ist der nette Herr mit seinem ältlichen Spaniel wieder davongezockelt. Ein weitgereister Mann, hochintelligent, sensibel. Kein Wunder, dass du mit dem nicht kannst. Seltsam nur, dass er auf dich so große Stücke hält, du würdest immer den richtigen Ton treffen im Umgang mit unserer Kundschaft, außer bei ihm, aber da stehe er drüber. Dieser Mann ist ein echter Schöngeist, Lyriker mit mehreren Veröffentlichungen, wovon er sogar einiges verkauft hat, besonders in Japan ist er erfolgreich – zweisprachig Deutsch-Japanisch! Aber solche Leute sind nichts für dich. Halt du dich lieber an die Schwechater-aus-der-Dose-Trinker.

Keine Zeit zum Schreiben, muss Würste wenden und eine Palette Schwechater in den Kühlschrank schichten. Stress! Bitte mehr Bier mitbringen! Und Radler, das geht bei der Hitze am besten.

Das mit dem Saufen und dem Poker war auch keine gute Idee. Die Juli-Umsätze haben mich etwas übermütig gemacht. Ich habe letzte Nacht mit Tantchen und einem Jugendfreund von ihr ein paar Stunden gekloppt. Am Anfang lief es prächtig, erst räumte ich bei ihr ab, dann bei ihm. Doch dann holte der Tattergreis wieder auf. Als es Spitz auf Kopf stand, setzte er alles, was er vor sich liegen hatte. Tantchen hielt überraschenderweise mit, sie hatte sich aus einer Schublade ihres Schreibtisches mit frischem Baren versorgt. Ich kratzte meine letzten Barschaften zusammen. Die Scheinchen türmten sich vor uns.

Ich hatte ein hohes Doppelpärchen (Asse und Buben), Tattergreis eine Straße ohne Ass und Tantchen ein Fullhouse. Dumm gelaufen. Als ich nach Hause schwankte (der Einzige, der vom Whisky, den ich auch noch hatte springenlassen, besoffen wurde, war ich), überlegte ich die ganze Zeit, ob Tantchen und Tattergreis unter einer Decke steckten und wie sie das gedreht haben könnten. Wie die mich, den sie an der Potse einst »The Street« nannten, haben ausplündern können, ist mir ein Rätsel. Bevor du jetzt völlig ausrastest, biete ich freiwillig an, meine nächste Schicht um drei Tage zu verlängern.

Glaub bloß nicht, dass mich deine Andjelina-Geschichten tangieren. Ist doch sowieso wieder erfunden. Als ob die freiwillig bei dir vorbeikommen würde. Höchstens, um eine pekuniäre Forderung ihrer Zuhälterverwandtschaft zu präsentieren. Die du dann aber aus deiner Kasse bezahlst. Pump eben Tantchen an, mir egal.

Aber, Bruderherz, alter Romantiker, auch ich denke manchmal über Andjelinas Talente nach. Vielleicht sollten wir sie doch wieder einstellen, vielleicht tun wir ihr unrecht. Die Aische musste ich heute leider fristlos rausschmeißen. In der knappen Stunde, die ich weg war (bin mal wieder Riesenrad gefahren), hat sie drei Kilo Pommes zu Kohle frittiert und eineinhalb Kilo Würste niedergegrillt. Habe heute die lokale Tagespresse studiert, obwohl das keine Freude ist, und mir drei interessante Inserate angekreuzt: eine Polin, eine Ungarin und eine Studentin aus England. Die lasse ich jetzt antanzen und werde mich nach gründlicher Prüfung auf Herz und Nieren (inklusive Verwandtschaft und Religionszugehörigkeit) für eine von den dreien entscheiden.

Alles wird gut.
Paul

[Textdatei, 18. August]
Paule,

fesch, dass dich die alte Kuh mit ihrem Freund abgezockt hat, war ja wieder eine Superleistung von dir. Ich habe dich vor ihr gewarnt, die ist nicht das einfache Muttchen, für das wir sie gehalten haben. Sie hat es faustdick hinter den Ohren oder wo immer alte Weiber das haben, mit dem sie Idioten wie dich abziehen. Das klingt wirklich nach »The Street von der Potse«, meine Herrn, so ein Idiot, fällt auf die ältesten Bauernfängertricks rein. An den Ausgaben beteilige ich mich nicht, das machst alles ganz alleine du wieder gut. Da wirst du ein paar Extrawürstel verkaufen müssen.

Ich werde mal mit Andjelina sprechen, vielleicht hat die ja was Neues gehört von dem hinigen Russen, sie hat den nie und nimmer um die Ecke gebracht, das schwöre ich dir. Deine Aische war echt ein Griff ins Porzellan, aber das habe ich dir von Anfang an gesagt. Jetzt fehlt nur noch, dass sie sagt, wir schulden ihr noch was, und dann haben wir neben den Russen und Rumänen auch die Türken am Hals. Vielleicht benennen wir uns dann doch um, in Kremlglück oder Ata's Grillglück.

Schau du, dass du die Sachen mit Andjelina und Aische

ordentlich klärst, und ich besorg eine neue Putzfrau, du machst das nicht mehr. Bis wir eine haben, kannst du putzen und damit deine Spielschulden verringern: »The Street, die Putze«!

Vielleicht hilft dir ja der Alte mit dem Hund, der könnte das Viech dazu abrichten, dass es die Zigarettenkippen frisst, die vor dem Stand rumliegen. Sind die eigentlich von dir?

Kurz vor der Sperrstunde:
Das ist mir jetzt aber nicht mehr egal. War doch die Andjelina da mit einem Typen, den ich noch nie gesehen habe, und führt sich auf, als würde sie mich zum ersten Mal sehen. Der Trampel hat sich mokiert darüber, dass ich kein Aperol Spritz habe – am Würstelstand! –, und hat komische Bemerkungen geschoben, dass sich sehr schnell was ändern kann und dass ich nur gut auf dich aufpassen soll, ich wäre ja immerhin dein Bruder. Hast du mit ihr noch was offen, oder hast du ihr was versprochen? War jedenfalls sehr eigenartig, und da war nichts mehr von der alten Andjelina.

Etwas irritiert:
Balthasar

[Ausgerissene Ringbuchseiten, 20. August]
Mann, ich hab's geahnt, ich hab's geahnt. Muss ich denn immer recht haben?

14 Uhr und 5 Minuten.

Du siehst, ich konnte fast noch rechtzeitig aufmachen. Obwohl ich mich lieber wieder in die Falle gelegt hätte, das kannst du mir glauben. Drei Stunden Verspätung sind entschuldbar, wenn du erst weißt, was mir heute passiert ist.

Was für ein Scheißland, dieses Österreich! Im Heurigen lässt es sich lustig schunkeln, aber wehe, du gerätst in die Fänge der Staatsmacht. Die haben mich heute Morgen um fünf rausgeklingelt, die Wichser. Und absichtlich so stark gewienert, oder wie man das nennt, dass ich fast nix verstanden hab. Hat nur noch gefehlt, dass sie Handschellen zücken. Also, meine Erfahrungen mit den Bullen sind schon in Berlin beknackt gewesen, aber eure Kopsen setzen dem noch die Krone auf.

Angeblich gibt es eine Zeugenaussage. Irgendein Trottel will gesehen haben, wie ich mit dem toten Transnistrier gestritten habe. Da hat er natürlich noch gelebt. Also, wenn einer mit dem gestritten hat, dann doch eher du, Bruder Balthasar. Ich kannte den überhaupt nicht. Das habe ich auch diesem nuschelnden Kommissar gesagt, der kein Kommissar ist, sondern Oberst oder sonst irgendwas Militärisches. Und so hat er sich auch aufgeführt, obwohl er keine Uniform trug. Dem schien es schon mal nicht zu passen, dass ich als Deutscher überhaupt in seinem schönen Österreich weile.

»Also, Sie betreiben einen Imbiss im Prater?« Das schien den Oberst sehr zu amüsieren.

»Ja, zusammen mit meinem Bruder.«

»Zwei Piefke im Prater!«, lachte der Kollege vom Oberst. »Ob wir da mal die Freunde von der Hygiene vorbeischicken sollen?«

»Mein Bruder ist Österreicher, keine Sorge. Und wir beachten die Hygiene-Standards, ich zumindest.«

»Aber Ihr Bruder ist er schon?«

»Verschiedene Väter«, murmelte ich.

»Worum ging es denn bei Ihrem Streit mit dem Opfer?«

»Es gab keinen Streit!«

»Haben Sie ihm Geld geschuldet?«

»Ich kannte den überhaupt nicht!«

»Und warum haben Sie dann mit ihm gestritten?«

»Hab ich ja nicht! Und wenn ich den gekillt hätte, dann doch nicht vor meinem eigenen Imbiss!«

»Also geben Sie zu, am Tod des moldawischen Staatsbürgers schuld zu sein!?«

»Moldawien? Ich dachte, der sei aus Transnistrien?«

»Transnistrien ist völkerrechtlich ein Teil Moldawiens.«

»Was Sie alles wissen.«

»Also warum haben Sie den moldawischen Staatsbürger aus Transnistrien vor Ihrem Imbiss erstochen?«

»Hab ich ja nicht.«

So ging das stundenlang, immer im Kreis, ohne Sinn und Verstand. Das sollte ich Amnesty melden. Nicht nur, dass dieser Staat moralisch vollkommen verlottert ist, nicht nur, dass sich hier jeder bestechen lässt oder sich maulend in die Frühpension verpisst, die Polizei arbeitet mit Methoden, die man sonst nur aus mittelamerikanischen Ländern kennt. Vielleicht hätte ich den Oberst bestechen sollen? Ein bisserl Bakschisch, he? Aber ich hatte leider nichts Bares bei mir. Hatte vergessen, morgens um fünf mein Portemonaie einzustecken. Gegen Mittag haben sie mich nach Hause geschickt. Sechs Stunden Verhör! Haben die nichts Besseres zu tun?

Ich soll mich zur Verfügung halten und darf die Stadt nicht verlassen. Das muss ich mir gut überlegen. Ich habe keine Lust, dass die noch mal im Morgengrauen bei mir klingeln. Da hock ich lieber in Berlin bei Barbara auf dem Sofa.

Und verraten, wer dieser Zeuge ist, haben sie mir natürlich auch nicht. Wenn es den überhaupt gibt! Kann in diesem Land jeder zur Polizei rennen und irgendwas behaupten? Und schon rücken die aus und verhaften völlig unbescholtene Bürger? Scheiß Faschos! Thomas Bernhard hatte ja so recht.

Und du, zerreiß bitte diese Seite, wenn du sie gelesen hast. Nicht dass die noch unseren Imbiss durchsuchen und das hier gegen mich verwenden! Was weiß ich: Beleidigung von staatlichen Organen. Darauf steht bei euch vermutlich die Todesstrafe. Wir sollten auch unsere Daten löschen. Alles löschen! Sicher ist sicher. Handy geht auch nicht! Kann man alles abhören. Ist doch bekannt, das können nicht nur die Amis. Am besten schickst du mir von einem Internetcafé Mails an eine Gmail-Adresse, die ich dann täglich wechseln werde. Nichts mehr auf diesem PC hinterlassen! Fang an mit: paul@gmail.com. Kennst du einen vertrauenswürdigen Anwalt, den wir uns leisten könnten? Falls es hart auf hart kommt?

Paul

[SMS, 21. August, 20:12]

Hab nachgedacht: Hat der Zeuge uns vielleicht verwechselt? P.

[SMS, 21. August, 20:15]
Wieso sollte er?

[SMS, 21. August, 20:16]
Du hast mit dem Moldawier gesoffen! Hast du auch mit ihm gestritten?

[SMS, 21. August, 20:18]
Haben sie dir ins Hirn geschissen, Paul?

[SMS, 21. August, 20:20]
Willst du mich loswerden?

[SMS, 21. August, 20:21]
Will ich den Scheißimbiss allein führen?

[SMS, 21. August, 20:22]
Wirst du müssen. Ich hau ab, bin schon weg. P.

[SMS, 21. August, 20:23]
Feige Sau. Hiergeblieben!

[SMS, 21. August, 20:24]
Besser als Knast.

[SMS, 21. August, 20:25]
Keine Eier, Piefke!

[SMS, 21. August, 20:45]
Was hast du mit dem toten Moldawier zu tun, Bruder?

[SMS, 21. August, 22:13]
Nix, du Heini. Das war einfach ein Kunde. Hab ihm einen Slivo ausgegeben, weil der ihm so gut geschmeckt hat. Eigenimport! Gute Nacht. Du trittst übermorgen deine Schicht an. Nix Berlin! Ich komme vorbei und kontrolliere. B.

[SMS, 22. August, 07:12]
Niemand hat geklingelt. Bin trotzdem hellwach.

[SMS, 22. August, 07:14]
Danke fürs Wecken. Halt's Maul, Paul.

[SMS, 22. August, 20:20]
Ich hau ab, nach Berlin. Die Bullen werden kommen, früher oder später. P.

[SMS, 22. August, 20:31]
Was willst du denn in Berlin, Paul?

[SMS, 22. August, 20:37]
Da kenn ich mich besser aus.

[SMS, 22. August, 20:55]
Scheiß dich nicht an.

[SMS, 22. August, 20:57]
Es ist DEIN Transnistrier, Balthasar!

[SMS, 22. August, 20:59]
He, die Polizei liest mit!

[SMS, 22. August, 20:59]
Echt?

[SMS, 22. August, 21:12]
Muss braten, keine Zeit.

[E-Mail an balthasar@gmx.at, 23. August]
Bruder Balthasar,

diese Mail schicke ich dir aus einem Internetcafé, hab mir den Text auf einen Stick kopiert und ihn am PC im Praterglück gelöscht. Sicher ist sicher. Kannst froh sein, dass ich überhaupt noch Dienst schiebe. Ständig fürchte ich, die Polizei kommt vorbei. Oder irgendwelche Rumänen, Russen, Moldawier oder Transnistrier. Kommt wahrscheinlich aufs Gleiche raus.

Stattdessen ist Andjelina aufgetaucht. Sie wirkte etwas verwirrt und war ziemlich blass. Ich hab ihr eine Käsekrainer ausgegeben und eine Cola Light. Dann fing sie an zu erzählen. Ich habe nicht alles kapiert. Es gibt wohl massiv Ärger in ihrem Dorf mit dem unaussprechlichen Namen. Ärger, der nur mit Geld zu lösen ist. So, wie es aussieht, mit unserem Geld. ...

20000 würden ihr schon aus dem Schlimmsten heraushelfen. Sagte sie und versuchte zu lächeln. Die Süße. Woher soll ich 20000 Mäuse nehmen? Sie hat angedeutet, dass sie sich sehr erkenntlich zeigen würde. Nicht das, was du jetzt wieder denkst. Sie würde mir ein Alibi geben! Sagen, ich sei an besagtem Abend mit ihr zusammen gewesen.

Irgendwelche Ideen, wo wir 20000 Euro herbekommen sollen? Banküberfall fällt aus. Oder ich muss mich doch noch nach Berlin oder sonst wohin absetzen ... Und du müsstest mich ausbezahlen ...

Bitte lösch diese Mail SOFORT nach Erhalt!

P.

[E-Mail an paul@gmail.com, 24. August]

Paul,

du gehst jetzt nicht mehr ins Praterglück. Bis sich die Sache erledigt hat, bleibst du zu Hause, aber in Wien! Du fährst nicht nach Berlin zu deiner Transe! Wenn du abhaust, hol ich dich höchstpersönlich zurück.

Ich hab dir doch von der Polizistin erzählt, der damals so schlecht geworden ist, als sie den Mann mit dem Messer im Bauch gesehen hat. Die habe ich wieder getroffen zum Plaudern, sie ist ja sehr hübsch und privat und ohne Uniform überraschend verhaltensoriginell. Und stell dir vor, was die sagt: Die sagt nämlich, dass der Zeuge, der dich mit dem moldawischen Transnistrier gesehen haben will, eine Frau war, die sie nicht kennen, weil das ein anonymer Anruf war. Klingelt da was bei dir? Ausnahmsweise nicht in den Eiern, sondern zwischen den Ohren?

Wenn du mich fragst, kann das nur die Andjelina gewesen sein, deshalb benimmt sich die auch so komisch in den letzten Tagen. Die ruft bei den Bullen an und sagt, du hättest den Fettsack kaltgemacht, und bietet dir gleichzeitig ein Alibi an, wenn du 20000 Mücken abdrückst. Die glaubt, sie wäre besonders schlau, die falsche Nuss. Du kannst nur hoffen, dass ihre transnistrischen Verwandten nicht mitbekommen, dass du verdächtigt wirst. Wenn die glauben, dass du mit dem Toten was zu tun hast, bist du echt Meier, und zwar von zwei Seiten sozusagen im Arsch.

Werd versuchen, mit Andjelina zu sprechen, der muss ich sehr deutlich machen, dass sie uns nicht einfach abziehen kann. Zum Schluss will die noch mit ihrem Cousin, oder wer der Heini war, das Praterglück übernehmen und bietet uns dafür die lächerlichen 20000 Euro an, die sie von dir erpressen will. So ein Luder!

Melde mich. Bleib, wo du bist, morgen wissen wir mehr.

B.

[E-Mail an balthasar@gmx.at, 24. August]

Ich weiß nicht, was schlimmer ist: Die Vorstellung, dass uns Andjelina erpressen will. Oder dass die Transnistrier dahinterstecken. Oder alles beides? Und was, bitte, hast du für Kontakte zur Polizei? Ich blick da nicht mehr durch. Ich kann mir nicht vorstellen, dass Andjelina so hinterfotzig ist. Ich glaub ihr, dass sie tatsächlich in Schwierigkeiten steckt. Und wenn sie mir ein Alibi gibt, hören unsere Schwierigkeiten auf. Vielleicht können wir sie herunterhandeln? Und bitte, verhalte dich einmal etwas sensibel, wenn du mit ihr sprichst. Nicht dass die uns durchdreht und uns ihre ganze Familie auf den Hals hetzt. Die Situation ist heikel. Ich glaube, *ich* sollte Andjelina lieber treffen. Irgendwie habe ich kein gutes Gefühl bei euch beiden.

Paul

PS:
Ich weiß nicht, ob ich es noch lange in meiner versifften Einzimmerwohnung mit Blick auf einen noch versiffteren Hinterhof aushalte. Mir fällt die Decke auf den Kopf. Barbara bewohnt eine Vierzimmerwohnung im schönen Charlottenburg, die ist doch viel zu groß für sie alleine.

[SMS, 24. August, 23:12]

Bitte an folgende Adresse antworten: paul2@yahoo.de
Und diese SMS löschen!!

[E-Mail an paul2@yahoo.de, 25. August]

Nix da Charlottenburg, Paul,

du bleibst mal schön, wo du bist, in deinem Wohnklo in Innerfavoriten, und rührst dich erst wieder, wenn ich es dir sage. Nur weil du paranoid bist, heißt das noch lange nicht, dass sie nicht hinter dir her sind. Und gemessen an deiner Paranoia müssen halb Russland und Rumänien hinter dir her sein.

Auf keinen Fall triffst du die Andjelina, du rufst sie nicht mal an, verstanden? Sie hängt ja voll mit in der Sache drin. Immerhin war der Tote angeblich ihr Onkel, und ich bin sicher, dass das verwandtschaftliche Blut stärker ist als die paar Tropfen Flüssigkeit, die du ihr verpasst hast! Heute war auch wieder der angebliche Cousin da und hat sich nach dir erkundigt, obwohl er schon letztes Mal eine Spezialbehandlung bekommen hat. Er war diesmal scheißfreundlich und sagte, er wolle dir etwas von der Andjelina ausrichten, kann er aber nur persönlich machen. Echt hartnäckig, der kleine Arsch. Ich hab ihm gesagt, du wärst in Berlin auf Kur. Worauf er blöd grinste und sagte, da hätte er auch noch einen Onkel. Ich hab ihm sicherheitshalber noch eine gelangt, dann ist er gegangen. Ich glaube, er war ein wenig beleidigt. Vielleicht war das nicht so schlau, dem Deppen gleich noch mal eine runterzuhauen, weil das nimmt die Verwandtschaft sicher nicht ein für uns. Aber der aufgestellte Mausdreck hatte mit seiner blöden Grinserei schon ordentlich am Watschenbaum gerüttelt.

Kannst du vielleicht mal deine Transe interviewen, ob bei ihr wer aufgetaucht ist und sich nach dir erkundigt hat? Vielleicht suchen die auch schon in Berlin nach dir. Ich werde noch mal die uniformierte Maus befragen, vielleicht gibt es was Neues, und es stellt sich heraus, dass nicht du den Kerl kaltgemacht hast. Keine Angst wegen der Polizistin, ich bin nur nett zu ihr, und sie findet mich offensichtlich auch ganz fesch. Kann ich gut verstehen. Mit einer Polizistin hatte ich noch nie was, außer Wickel.

Und noch was: Hör auf, deine E-Mail-Adresse zu wechseln, sonst antworte ich dir nicht mehr, und du kannst in Favoriten verenden. Es genügt, wenn du die Mails aus dem Internetcafé abschickst und nicht mit dem Handy telefonierst! SMS nur in Notfällen, weil, wer weiß, vielleicht kennen die Moldawier ja auch wen bei der Polizei, und die hat dich sicher am Schirm.

Also durchhalten und Ruhe bewahren. Wenn du willst, kann ich dir zur Entspannung ein paar von den gebrauchten Herrenmagazinen schicken.

Bis dann!
B.

[E-Mail an balthasar@gmx.at, 25. August]
Balthasar,

die haben mich schon wieder vorgeladen! Diesmal waren sie zwar etwas höflicher und haben nicht um fünf, sondern um acht vor der Tür gestanden, aber was sie mir dann auf der Wache mitzuteilen hatten, war weniger erfreulich:

Sie haben alle meine Schuhe mitgenommen und mit Abdrücken am Tatort verglichen und dabei eine Übereinstimmung festgestellt. Jetzt, nach Wochen! Ich bin ja kein Kriminologe, deshalb geht die Frage an dich, du scheinst dich ja auf dem Gebiet etwas besser auszukennen: Kann man anhand eines Schuhabdrucks jemanden in den Knast bringen?

Was ist denn jetzt mit dem Anwalt? Ich musste meine Fingerabdrücke dalassen, die schwarze Scheiße klebt immer noch an meinen Pfoten. Da kann jetzt aber Andjelina nicht mehr dahinterstecken, oder?

Also, ich packe noch heute meine Sachen und hau ab nach Berlin. Berlin ist groß, da finden die mich nie. Und die Moldawier auch nicht, keine Sorge. Du hast ja gar keine Vorstellung, wic groß Berlin ist. Und woher sollen die denn die Adresse von Barbara haben?

Die finden sicher auch noch Fingerabdrücke von mir, schließlich ist der Scheißmoldawier direkt vor unserem Imbiss umgekippt! Wunder mich sowieso, warum die mich nicht gleich eingebuchtet haben.

Tut mir leid, Bruderherz, du musst ohne mich im Praterglück auskommen. Barbaras Adresse kennst du ja Gott sei Dank nicht. Also können sie die auch nicht unter Folter aus dir herauspressen. Auch nicht die moldawischen Transnistrier. Lass dich nicht mit denen ein. Und hör auf, sie zu verprügeln! Gewalt ist doch keine Lösung!

Kümmer dich bitte endlich um einen Anwalt, aber bitte einen mit Lizenz. Und wenn es für dich auch zu heiß wird, machen wir einfach eine Zeitlang ganz dicht, und du kommst zu mir nach Berlin. Du wirst Barbara mögen. Ob sie dich wird leiden können, steht allerdings auf einem anderen Blatt. Sie hat definitiv nichts übrig für fäusteschwingende, cowboystiefeltragende Chauvis.

Halt die Ohren steif!
Dein Bruder Paul

(Vergiss nicht: E-Mail SOFORT löschen!)

PS:
Gibt es eigentlich ein Auslieferungsabkommen zwischen Deutschland und Österreich?

[E-Mail an paul2@yahoo.de, 26. August]
Scheiße, jetzt hätte ich fast dein Mail gelöscht, bevor ich es gelesen habe, das kommt von deiner Paranoia, ist echt ansteckend. Ob ich mich dagegen behandeln lassen kann? Ich glaube, das müsste sogar die Gebietskrankenkassa bezahlen. Vielleicht schicken sie mich ja auf Kur nach Bad Tatzmannsdorf oder Bad Hofgastein, ich hätte nichts dagegen.

Dass die dich ein zweites Mal verhören, hätte ich echt nicht gedacht. Du hast doch eh so eine vertrauensselige Visage. Bist du sicher, dass du den Typen nicht kaltgemacht hast? Vielleicht hast du nicht nur eine Paranoia, sondern auch eine Amnesie, soll schon mal vorgekommen sein. Oder du warst nach deiner Praterglückschicht mal wieder blunzenbladlfett.

Ob dich ein Schuhabdruck in den Knast bringen kann? Kommt drauf an. Wenn du zum Beispiel jemanden in den Arsch trittst, und der fällt so blöd auf die Fresse, dass ihm dann vorne ein Zaunpfahl im Schädel steckt, dann musst du schon erklären, wie dein Schuhabdruck auf seinen Arsch gekommen ist. Dass von dir überall Schuhabdrücke rings um das Praterglück zu finden sind, ist ja kein Wunder, du bist ja nicht jeden Tag in den Laden reingeflogen, oder?

Wenn du wirklich abhaust, ist das deine Sache, bist wahrscheinlich eh schon weg, wenn du das hier liest. Aber du machst dich damit nur noch verdächtiger. Nein, ich such dich nicht in Berlin, das machen schon die Moldawier, und wenn bei deinen Fingerabdrücken was rauskommt, vielleicht noch Interpol. Ich werde hier die Stellung und Augen und Ohren für dich aufhalten.

Den Anwalt, den ich dir vermitteln wollte, gibt es leider nicht mehr. Das heißt, der braucht grad selbst einen Anwalt. Ich hätte da aber noch wen, einen Superstrafverteidiger, der kostet aber leider wirklich Geld. Ich könnte vielleicht deinen Anteil am späteren Erbe der Herta belehnen, nach Wien kannst du eh so schnell nicht mehr zurückkommen. Mal schauen, was sich machen lässt.

»Anwalt mit Lizenz«, noch so eine Blödheit von dir, entweder einer ist ein Anwalt, oder er ist kein Anwalt. Lizenz und so was gibt es nur im Fernsehen, da schaust du ein bisschen zu viel rein. Ist auch nicht ungefährlich. Ich habe mal gehört, dass die Polizei jetzt schon Sehgewohnheiten ausforschen kann! Das heißt, du schaust zum Beispiel jeden Samstag die deutsche Sportschau und vorher und danach auch immer dasselbe, und schon haben sie dich am Kragen, dank Überwachungsgeräten und Satelliten-TV. Aber keine Sorge, wenn du ab nun nur mehr Sachen schaust, die du bisher nie angesehen hast, kann dir nichts passieren. Natürlich wirst du von Deutschland nach Österreich ausgeliefert. Bei Mord liefern dich sogar die Russen aus.

Grüß die Transe unbekannterweise von mir, ich habe derweil noch kein Verlangen, sie kennenzulernen. Der Herta sag ich, du hättest geschäftlich in Berlin zu tun. Werd ihr erzählen, du machst einen Currywurst-Kochkurs, das glaubt die sicher. Es war übrigens schon wieder der Notarzt bei ihr, diesmal hat sie kein altes Fleisch gefressen, sondern sich mit einem Medikamentenmix – auch da war beim Großteil das Aufbrauchdatum schon seit Jahren abgelaufen – fast vergiftet. Man hat ihr den Magen auspumpen müssen – wäre auch kein Job für mich –, jetzt geht's ihr wieder besser. Tolle Verwandtschaft hab ich, muss schon sagen, wie aus dem Bilderbuch.

Ahoi,
B.

[E-Mail an balthasar@gmx.at, 29. August]
Ferner Bruder,

wie stehen die Aktien im Prater? Alles fit im Schritt? Haben die Kopsen nach mir gefragt?

Ich glaube, das mit dem Anwalt hat sich erst mal erledigt. Selbst wenn die Ösen einen Auslieferungsvertrag mit Deutschland haben, finden die mich hier nie. Die können in Favoriten klingeln, bis ihnen die Finger abfallen. Und Interpol kann mich in Berlin suchen, bis die platte Füße haben. Ich geh so wenig raus, wie ich nur kann. Eigentlich nur für meine tägliche Currywurst zum Stuttgarter Platz. Endlich wieder anständige Currywürste!

Haben sich die Transnistrier noch mal gemeldet? Ich

habe darüber nachgedacht, ob wir Tante Herta einweihen sollen. Meinst du nicht, dass die für ihren geliebten Neffen was springen lässt? Wie viel Kohle die wohl auf der hohen Kante hat? Damals beim Pokern hat sie immer wieder in diese Schublade an ihrem altmodischen Schreibtisch im Wohnzimmer gegriffen.

Ich lass mich hier von Barbara aufpäppeln. Kochen kann sie ja. Und einen Neuen hat sie auch noch nicht. Beziehungsweise sie hat meinen Nachfolger schon längst in die Wüste geschickt. Tja, in meine Fußstapfen zu treten ist eben nicht einfach.

Also, wie immer: Halt die Ohren in den Wind!
Dein Paul

[E-Mail an paul2@yahoo.de, 31. August]
Paule,

wenn sie dich nicht wegen Mordes drankriegen, dann sicher wegen deiner blöden Sprüche. »Halt die Ohren in den Wind« und »Alles fit im Schritt«. Was ist denn mit dir los? Kaum bist du ein paar Stunden in Berlin, schon wirst du zum kompletten Vollidioten. Und wegen der »Kopsen« – noch so ein dämlicher Ausdruck – sei dir mal nicht so sicher. Meine Uniformmaus hat mir gesagt, dass die Kriminaler ganz heiß auf dich sind, weil du abgehauen bist. Du stehst ganz oben auf der Abschussliste. Mich haben sie auch nach dir gefragt, da am Würstelstand, war eine Superwerbung für uns, danke! Ich konnte ihnen aber glaubhaft versichern, dass wir uns nicht so nahestehen, dass du mich in deine Fluchtpläne eingeweiht hättest. Die Bullen haben es geglaubt. Mach dir ein paar schöne Stunden mit Barbara und ihrem Nudelholz, lang wird die Freiheit nicht dauern. Ich an deiner Stelle würde mir ein paar Currywürste auf Vorrat reinziehen!

Apropos Freiheit, du wirst nicht glauben, wer bei mir war. Kaum warst du weg, steht mitten am Nachmittag, beim besten Geschäftsgang, eine Frau vor mir, hässlich wie die Nacht, und stellt sich als Claudia aus Berlin, deine Ex, vor. Ich habe gedacht, ich träume, steht da dieser überstandige Biobesen im gebatikten Sackkleid vor mir und will wissen, wo du bist. Hat die immer schon so ausgeschaut? Aber nicht genug, dass die vor mir steht und nach dir fragt, sie hatte auch noch einen Balg dabei, heißt, glaube ich, Horst oder so und ist dein Sohn. Du hast ja mal erwähnt, dass dir deine Ex ein Kind andrehen wollte. Von wegen, das ist eins zu eins eine Kopie von dir. Ich habe im ersten Moment echt einen Schrecken bekommen, ich habe geglaubt, ein irrer Arzt hat dich geschrumpft. Der Horst, oder wie der Mini-Paul heißt, hat sogar eine Brille auf wie du. Schaut genauso blöd in die Welt wie sein Vater. Deine Ex, der unverschämte Trampel, die hat von einem deiner feinen Kumpels gehört, dass du in Wien wärst, und wollte jetzt Alimente einkassieren. Hast du noch mehr solcher Baustellen? Vielleicht hättest du nicht nur ihr ein Handtuch aufs Gesicht legen sollen, sondern auch noch deinen Hahn abschnüren, Papi!

Ich hab ihr sehr schnell, sehr deutlich erklären können, dass der Würstelstand und dein Ableger nichts miteinander zu tun haben und dass es da nichts zu holen gibt, aber gar nichts. Die Burenwurst, die ich ihr angeboten habe – immerhin waren wir ja mal irgendwie verschwägert –, hat sie abgelehnt. Ist Vegetarierin, was sonst? Dein Sohnemann hätte seine kleinen Mausezähne wohl ganz gerne mal in eine Wurst gehauen, wäre sicher das erste Mal gewesen, aber deine Ex war da gnadenlos.

Kann es sein, dass du in Berlin öfters am offenen Benzintank schnüffelst? Wie kommst du sonst auf die komplett vertrottelte Idee, Tante Herta einzuweihen? So, wie die momentan drauf ist, zahlt sie eine Ergreiferprämie für dich. Sie glaubt nämlich, dass du die letzte Monatslosung mitgenommen hast, und ich konnte ihr das nicht wirklich ausreden. Dass sie in ihrer Schreibtischlade einen Haufen Geld hat, hast du mir übrigens damals gesagt. Vielleicht finde ich noch ein paar Einmalhandschuhe, die du so gerne getragen hast, und statte ihr einen Besuch ab, das ginge dann auch auf dein Konto, wäre aber auch schon egal!

Ach ja, die Transnistrier waren natürlich auch da, das sind jetzt schon Stammkunden. Nur den Kleinen, der zweimal gegen den Watschenbaum gelaufen ist, schicken sie nicht mehr vorbei.

Mach dir noch ein paar letzte schöne Tage!
B.

PS:
Ist die Transe eigentlich so hässlich wie deine andere Ex?

[E-Mail an balthasar@gmx.at, 1. September]

Ach, die Claudia. War sie gerade auf der Durchreise, oder was? Wie hat die denn ausgerechnet dich ausfindig gemacht? Da kann doch nur das olle Tantchen dahinterstecken. Von meinen Berliner Kumpels war's jedenfalls keiner. Die wissen nix von dir. Ich hatte ja bis vor einem halben Jahr selber noch keine Ahnung von dir (selige Zeiten!).

Lass dir nichts von Claudia erzählen, die lügt, wie der Tag lang ist. Das Balg ist nicht von mir und hat auch keine Ähnlichkeit mit mir, jedenfalls war das noch so, als ich Horst das letzte Mal gesehen habe, ist aber schon einige Zeit her. Wie blind bist du eigentlich, dass du da eine Ähnlichkeit zusammenphantasierst? Wahrscheinlich treibt die Sehnsucht nach deinem Bruder ein böses Spiel mit dir …

Die Claudia will immer nur Kohle, das geht so seit Jahren. Aber denkste, ich bin ja nicht blöd. Die Scheidung habe ich damals so schnell durchgezogen, wie ich sie in einem Anfall von romantischer Gehirnerweichung geheiratet habe. Wir waren exakt sieben Monate und drei Tage verheiratet. Bist du schon mal in Las Vegas gewesen? Da habe ich sie kennengelernt, nachdem ich im Treasure Island ganz phänomenal beim Pokern gewonnen hatte. Wir haben die Nacht durchgezecht, Spitzensex in ihrem Hotelzimmer im MGM gehabt, und am nächsten Mittag standen wir vor einem Friedensrichter. Ich war natürlich längst noch nicht nüchtern. Das wurde ich dann aber schnell – zurück in Berlin. Ohne die Glitzerlichter von Las Vegas stellte sich die gute Claudia als ziemlich tumbe Nuss aus Berlin-Lichtenberg heraus. Und der Sex wurde auch immer schlechter. Bis ich dann den Deckel draufgemacht habe.

Aber 'ne Rakete war sie schon, damals. Da ist sie noch nicht in Batikkleidern herumgelaufen, und Vegetarierin war sie auch nicht. Glaubst du wirklich, ich hätte mich mit einer Vegetarierin eingelassen? Ich, einer der besten Wurstbräter diesseits und jenseits der Donau? Die trug Stiefel bis hoch zum Arsch und einen Minirock, der gerade so eben ihr kesses Höschen bedeckte. Und stramme Titten hatte die. Ich hätte sie trotzdem nicht gleich heiraten müssen.

Als wir geschieden waren und ich dank meines Anwalts und mangels regelmäßiger Einkünfte um Unterhaltszahlungen herumgekommen war, präsentierte sie mir eines Tages das Balg. Sie terrorisierte mich eine Zeitlang am Telefon, bis ich mir eine Geheimnummer geben ließ. Dann verschwand sie aus meinem Blickfeld, Gott sei Dank.

Und die taucht da jetzt bei dir auf? Der muss es wirklich dreckig gehen. Ignorier sie einfach. Eine Wurst ausgeben bringt ja leider nicht viel. Sag, du weißt von nichts. Hab keine Lust, dass die hier auch noch nach mir sucht. Transnistrier und Interpol reichen mir vollauf.

Finden die echt keinen anderen Dummen, den sie für den toten Transnistrier verantwortlich machen können? Ich glaub, ich muss doch wieder zurück nach Wien und denen beim Suchen helfen. Kann mich ja auch nicht ewig am Stuttgarter Platz verstecken.

So, und jetzt hol ich mir meine Currywurst.

Immer aufrecht:
dein Paul

PS:
Ja, besuch Tantchen und such unauffällig nach der Kohle. Und bring sie von dem Irrglauben ab, ich hätte Geld mitgenommen, das nicht mir gehört. Wenn da was in der Kasse fehlt, dann kannst das nur du haben. Wahrscheinlich hast du damit deinen Anabolika-Kumpel ausgezahlt! Ist der eigentlich noch mal aufgetaucht? Mann, wir zwei beiden scheinen die Scheiße echt anzuziehen.

PS:
Wegen der »Transe«: Ich möchte mit dir misogynem Arschloch nicht über das Aussehen von Frauen diskutieren. Und misogyn hat übrigens nichts mit Suppen aus Japan zu tun.

[E-Mail an paul2@yahoo.de, 2. September]
Zucht-Paule,

du bist der Scheißemagnet von uns beiden, nicht ich. Natürlich habe ich das aufgepumpte Arschloch nicht angerufen, und wenn der noch mal vorbeikommt, ersäuf ich ihn im Wurstwasser oder in deiner japanischen Misogynsuppe. Das weiß der auch, deshalb ist er ja gekommen, als du da warst. Und du Heini gibst ihm noch eine Wurst und zwei Bier aus. Mann, bin ich froh, dass du weg bist.

Die Gehirnerweichung in Las Vegas erklärt natürlich einiges. Oder kann man von der ewigen Currywurst-Fresserei auch verblöden? Der hässliche Zwerg ist von dir, da fährt die Eisenbahn drüber. Wenn deine Ex noch mal kommt, finanzier ich ihr einen Vaterschaftstest und schick sie zu dir nach Berlin, die Wette gewinne ich zu hundert Prozent. Und noch was: Das Weib hat nie und nimmer gut ausgesehen, das kannst du mir nicht weismachen. »Stiefel bis hoch zum Arsch und einen Minirock, der gerade so eben ihr kesses Höschen bedeckte.« Hast du wohl nebenher einen Porno geschaut, als ihr »Spitzensex« hattet.

Wie stellst du dir vor, dass deine Ex an unsere Tante kommt? Und wenn sie sie wirklich getroffen hätte, hätte Tante Herta nicht mit ihr gesprochen, allein schon weil sie nichts verstanden hätte. Die spricht ja wie ein Maschinengewehr berlinerisch. Nein, die hat den Tipp von einem deiner Kumpels oder von der Transe, vielleicht war die ja eifersüchtig.

Herta hat noch immer einen irren Schleim auf dich! Ich war die Tage bei ihr und habe wirklich gestaunt, was die Dame für einen Wortschatz draufhat, wenn es darum geht, ihren Neffen aus Berlin zu beschreiben. Alle Achtung, da kann man noch was lernen. Ich konnte sie kaum beruhigen. Sie hat sogar davon gesprochen, dir einen ihrer alten Schlägertypen auf den Hals zu hetzen, wenn du noch mal auftauchst. Dabei war das ja gar nicht so viel Geld. Viel mehr als 5000 Euro waren das nicht. Es geht ihr dabei wohl mehr ums Prinzip. Kann ich verstehen. So, wie es aussieht, bist du auf jeden Fall aus ihrem Testament draußen, da bleibt auch nichts mehr für den hässlichen Horst.

Während sich die alte Hyäne so aufgeregt hat, dass es ihr beinahe die Sicherungen rausgehaut hätte, habe ich unter dem Vorwand, ein paar Beruhigungstabletten für sie zu holen, ihren Schreibtisch durchsucht. Außer ein paar zerwuzelten Hundertern, die nach Würstelstand gerochen haben, war da nichts. Hätte dir glatt was abgegeben für den Tipp. Aber 200 Euro nach Berlin zu schicken rentiert sich auch nicht. Ist ja das Porto teurer.

Wenn ich mal alles zusammenzähle, dann sitzt du sautief in der Scheiße: Hinter dir sind die Russen, Rumänen, Moldawier oder Transnistrier – je nach völkerrechtlicher Auslegung – her, die dich kaltmachen wollen. Hinter dir sind die österreichischen Bullen her, die dich als »Aushilfstäter« für ihre Statistik brauchen. Und neuerdings auch noch – im Auftrag unserer lieben Tante nämlich – ein geriatrischer Schläger, der dir »eine Abreibung verpassen soll, an die du dich den Rest deiner Tage erinnerst«. Das waren die Worte vom Tantchen. Fang am besten jetzt schon an, auf einen Zahnersatz zu sparen. Der Spitzname des alten Schlägers ist »Der Dentist«. Und nicht genug damit, ist auch noch deine grauslich schiache Ex hinter dir her, die für ein paar Stunden »Spitzensex« mit dir jetzt die Rechnung kassieren will. Wenn ich es recht bedenke, bin ich der Einzige, dem du noch vertrauen kannst.

Es wäre wohl das Beste für dich, wenn du auswandern würdest, vielleicht nach Indien oder Thailand, dort ist es warm, und da sucht dich niemand, und dorthin könntest du auch die Transe mitnehmen, fällt sicher nicht auf. Zuvor solltest du mir aber noch 40 000 Euro überweisen. Dann kannst du auch sicher sein, dass mir das Schweigen nicht schwerfällt. Denk drüber nach, ich kann aber nicht wirklich lange warten. Du weißt, dass ich ein Geduldproblem habe.

Warte auf Antwort,
B.

[E-Mail an balthasar@gmx.at, 8. September]
Bruder, einziger,

sie sind wirklich hinter mir her! Vor ein paar Tagen standen ein paar finstere Typen an meiner Stammcurrywurstbude rum und haben mich komisch angesehen. Und als ich letztens über den Ku'damm spazierte, fuhr eine Streife ganz langsam an mir vorbei.

Deshalb bin ich abgehauen. Habe echt keinen Bock auf Wiener Dentisten und andere schräge Vögel. Barbara ist untröstlich, aber sie versteht mich. Sie hat mir ein bisschen Geld gegeben, für meine Flucht. Ich halte mich jetzt im Ländlichen auf, in Süddeutschland. Kann dir leider nicht sagen, wo genau. Muss jetzt aufhören …

P. – on the run

PS:
Ist der Spanielmann noch mal aufgetaucht? Der wirkte eigentlich recht hilfsbereit. Und Kohle scheint er auch zu haben … Wir müssen uns einen Plan B überlegen, Balthasar! Osteuropäer verkloppen ist auf Dauer keine Lösung.

[E-Mail an paul2@yahoo.de, 15. September]
Paul!

Konnte dir auf deine lustigen Fragen nicht gleich antworten, aber nicht weil ein inkontinenter Spaniel Dentist spielen will, sondern weil mein Computer hinüber ist und ich mir einen neuen kaufen musste. Das neue Drecksding funktioniert so, als hättest *du* es gebaut, soll heißen, das Trumm geht nicht bzw. macht nicht das, was ich will. Da war mein alter Texas-Taschenrechner schlauer.

Vergiss Texas gleich wieder, du kannst mit Texas Instruments sicher nichts anfangen, hast ja vom Apfel genascht, wie alle Wichtigtuer. Also ich sitze jetzt in einem Internetcafé – kann dir nicht sagen, wo genau, weil ich einfach in das erstbeste reingerannt bin. Nur so viel: Ja, der Spanielmann schleicht immer noch herum, und ja, ich glaube, der hat Kohle. Vielleicht sollten wir dem alten Sack eine verpassen und ihn klassisch ausrauben, oder, noch besser, wir entführen seinen alten Spaniel und kassieren ein schönes Lösegeld.

Sobald ich den Scheißpaulvirus – so nenn ich den Defekt – von meinem neuen Scheißcomputer entfernt habe, melde ich wieder.

Bis dahin: Halt die Ohren steif – was anderes geht bei dir ja eh nicht – und friss nicht so viel von den widerlichen Currywürsten.

Balthasar

[E-Mail an balthasar@gmx.at, 16. September]
Balthasar,

ich würde ja vermuten, dass nicht dein Computer kaputt ist, sondern du wie immer etwas verwirrt und nicht ganz nüchtern bist. Hattest du nicht auch permanente Probleme mit deinen Mails? Und mit unserer Mikrowelle? Kann es sein, dass du dich mit der Technik (und allem, was über ein Krügerl und a Haaße hinausgeht) generell schwer tust?

Aber ein bisschen konstruktives Mitgefühl hätte ich von meinem älteren Bruder schon erwartet. Junge, ich hänge hier im Mittelfränkischen rum, umzingelt von Fichten, Fachwerkhäusern und einem Haufen maulfauler Einheimischer. Aber Würste machen sie hier, da können sich alle Wiener und Frankfurter ganz schnell verstecken. Ich ess schon lange keine Currywürste mehr. Und das Bier ist auch lecker.

Trotzdem: Was soll ich hier? Habe mit Barbara telefoniert, jetzt steht vor dem Haus am Stuttgarter Platz Tag und Nacht eine undurchsichtige Gestalt herum. Der trägt tatsächlich einen Hut. Tragen Transnistrier Hüte? Oder Berliner Kriminalpolizisten? Oder bin ich in einem Film? Einem schlechten. Einem österreichischen? Ich glaube, ich muss weiter, Richtung Süden!

Ciao,
P.

[SMS, 17. September, 23:01]
Bin am Spaniel dran! Nicht drin! B.

[SMS, 19. September, 01:12]
He, was macht jetzt der Spaniel? Kohle alle. Spaghetti teuer. P.

[SMS, 19. September, 15:08]
Cool bleiben. Der Spaniel brunzt, der Alte nähert sich beinahe schon widernatürlich an! B.

[SMS, 19. September, 15:09]
Hunger ist ein schlechter Lehrmeister. P. in der Nähe von Genua.

[SMS, 19. September, 20:00]
Gut Ding braucht Weile, alter Spaniel scheut die Eile! Alt-Wiener Sprichwort. Wie ist das Wetter? B.

[SMS, 19. September, 20:01]
Wetter wurscht. Arsch auf Grundeis. Fuck dolce vita in Cinque Terre. P.

[SMS, 20. September, 22:39]
Wo bleibt die Kohle? Blut ist dicker als vino rosso! P.

[SMS, 21. September, 23:45]
Cin Cin. Bin dran. Hab die Bude an die Transnistrier verpachtet. Keine Lust auf Doppelschichten. B.

[SMS, 21. September, 23:47]
Spinnst du? Ausgerechnet an die? Was ist mit Herta? P.

[SMS, 21. September, 23:55]
Die Alte weiß nichts davon. Der hab ich erklärt, die Transnixier wären Freunde von uns, und die helfen nur mal kurz aus, bis du dich wieder eingekriegt hast. B.

[SMS, 22. September, 00:00]
PS: Wenn wir Glück haben, ist sie ja schon übern Jordan, bevor sie draufkommt, was wirklich läuft. Zum Wohl, auf Herta! B.

[SMS, 22. September, 07:03]
Du bist irre, das wird nie funktionieren! Wenn das die Mafiatypen checken, ist es aus mit uns, aber vielleicht machen sie ja zuerst die Herta platt! P.

[SMS, 22. September, 11:31]
Bleib cool, mit denen kenn ich mich mittlerweile aus. Jetzt gehören wir praktisch zur Familie. Kann nur zu deinem Vorteil sein, Bruder Paul. Doswidanja!

[SMS, 23. September, 12:14]
Ich will mit den Scheißhalbrussen nix zu tun haben, Balthasar, du Schwachmat! Blutrache verjährt nicht. Bin jetzt in Portoroz. Italien zu teuer. Dobrodosli!

[SMS, 23. September, 16:04]
Habe alles im Griff. Ich glaub sogar, die können dir verzeihen, irgendwann. Dauert vielleicht nur noch ein paar Jährchen! Und außerdem, du hast den Heini ja nicht Meier gemacht, oder? Geduld! B.

[SMS, 23. September, 16:08]
Übrigens: Herta hat sich heute schon wieder mit der Rettung ins Spital bringen lassen. Sagt, es wäre was mit dem Magen oder Darm, igitt! Die hat Angst, dass sie demnächst einen Abgang macht, und haut sich sackweise Tabletten rein. Wer weiß, vielleicht haben wir ja auch einmal Glück! B.

[SMS, 23. September, 16:28]
Geduld … So ein Scheiß! Die verarschen dich doch. Wär ja nicht das erste Mal. Verrat ihnen bloß nicht, wo ich bin! Und die Herta, das zähe Luder, ist noch lange nicht hinüber. P.

[E-Mail an paul2@yahoo.de, 24. September]
Na endlich, der Scheißcomputer rennt wieder. Windows rules ok. Das ist die erste gute Nachricht, kleiner flüchtiger Bruder.

Die zweite: Alles ist cool. Hab ja gesagt, dass ich das regeln werde. Die Transnistrier sind ganz handzahm und haben eben die erste Mietvorauszahlung bezahlt, stilecht in bar. Die zahlen laut Vertrag gleich ein Jahr im Voraus.

Da staunst du, was? So etwas nennt man bei uns Verhandlungsgeschick! Und so schlimm, wie du immer tust, sind die gar nicht. Solange man nicht einen ihrer Verwandten mit einem Fleischermesser bearbeitet, kann man über alles reden.

Die dritte und noch bessere Nachricht ist: Der Spanielmann war wieder da. Und diesmal hab ich ihn nach allen Regeln der Kunst eingekocht und angebraten, wie man das mit einem alten Burenhäutl am Würstelstand eben so macht.

Hier die Kurzfassung: War gestern beim Praterglück, um zu schauen, wie sich unsere Mieter im Würstelstand anstellen. Gar nicht so blöd, muss ich sagen. Der Osteuropäer steht der heimischen Wurstkultur trotz der penetranten Schaschliktradition und dem Hang zum gnadenlosen Faschieren seiner Umgebung offensichtlich doch näher als der Germane. Die braten die Käsekrainer schon am ersten Tag besser an als du nach einem halben Jahr. Aber zum Spanielmann, ich stehe also gestern beim Praterglück – sozusagen als Fachberater –, da kommen Hund und Herrl dahergeschlurft und schauen beide drein, als wär ihr Lieblingshamster gestorben. Weil ich ein guter Mensch bin, habe ich sie gleich eingeladen auf einen Schnaps und ein Bier. Der Hund wollte nichts, hat sich sein Herrl ein, zwei hinter die Binde gekippt. Ich habe nur so gestaunt. Es sollte aber nicht bei der Runde bleiben. Unterstützt vom rumänischen Turbofolk sind wir uns ziemlich schnell nähergekommen. War gar nicht so schwer. Erst hat mich der Spanielmann noch sehr verdächtig über dich ausgehorcht, dass ich geglaubt hab, der wär doch von der Kriminalpolizei. Ist er aber eh nicht, sondern nur sentimental und ziemlich verhuscht.

Nach dem dritten Stamperl erzählte er mir mit Tränen in den Augen, dass er auf der Suche nach seinem verlorenen Sohn ist. Achtung, Alarmglocke, dachte ich mir und hab ihm schon den nächsten Wodka eingeschenkt. Er fürchtet, dass es mit ihm bald zu Ende gehe – na, wohin denn sonst, aber bitte nicht hier, hätte ich fast gesagt und hab ihm die nächsten zwei Stamperl bei Wladimir bestellt, der jetzt den Imbiss führt. Ja, und dass er etwas zurücklassen will in dieser Welt, hat er noch lamentiert. Ich hätte am liebsten geantwortet, dass er wohl eh schon genug Mist auf unserem Erdenrund zurückgelassen hat, was sollte es denn noch sein, ein Denkmal, oder was? Diplomat, der ich bin, habe ich die Replik aber runtergeschluckt und weiter dem wehleidigen Geschwafel des Spanielmanns gelauscht. Was immer schwieriger wurde.

Ich versuche nun mal eine Zusammenfassung, soweit ich ihm folgen konnte: Also, er hat scheinbar in den Sechzigerjahren irgendwie groß Geld gemacht, wie genau, wollte er mir nicht sagen. Aber ich nehme an, das waren keine Dauerlutscher oder japanisch-deutsche Gedichtbände. Muss dabei auch ziemlich herumgekommen sein. Er war angeblich länger in den USA und in Südamerika, immer wieder im Osten, vor allem in Polen, und dann länger in Berlin. Klingt wie aus einem Plot für einen Spionagefilm, dachte ich mir, vielleicht hat er ja mit Technologie gehandelt, der alte Mann, und sich dabei mit Uran oder etwas anderem verstrahlt, man weiß ja nie. Blabla ging es weiter in einem endlosem Sermon, nur unterbrochen von zwei Brunzpausen des Herrls, nicht des Hundes, und den Bestellungen von Bier und Wodka, bis er endlich zum Höhepunkt der Geschichte kam, dass er nämlich jetzt einen Haufen Geld hat, aber keine Erben. Dem Mann kann geholfen werden, dachte ich mir, hielt aber wohlweislich die Goschn, bin ja nicht blöd. Und weiter ging's: Als er vor ein paar Monaten das erste Mal an unserem Weltklassewürstelstand vorbeigekommen ist, haben deine Berliner Currywürste eine »Saite in seinem Inneren angeschlagen«, das hat der echt gesagt. Was das bei mir anschlägt, das weißt du ja eh.

Und dann ist er eben immer öfter gekommen, als ob wir das nicht bemerkt hätten bei dem Mördergeschäftsgang. Du bist ihm irgendwie bekannt vorgekommen. (Schauen in Berlin alle so aus?) Er hat nach seinem USA-Abenteuer recht lange in Berlin gelebt. Jetzt im Alter sucht er also nach seinen Wurzeln und seiner Familie, und, Achtung, jetzt kommt es: Er hat zwei Söhne, die er beide nicht kennt, er hätte immer erst im Nachhinein von der Schwangerschaft der Frauen erfahren, und das war dann nur ein zusätzlicher Grund weiter weg zu fahren. Heute tut ihm das leid. Ich bin sicher, der kennt nicht mal die Mütter der beiden Söhne! Hat natürlich keine Ahnung mehr, wer die Frauen waren, nur so viel: Einer ist vor seinem USA-Abenteuer entstanden, einer danach.

Wann das denn genau gewesen ist, fragte ich. Der erste Streich hat sich 1962 ereignet, besoffen nach einer heißen Disconacht in Dornbirn, der zweite 1968 in Berlin. Trauriges Leben eigentlich, dachte ich mir, wenn er nur zweimal zum Schuss gekommen ist! Dem Mann muss etwas Freude gegeben werden! Trotz der allgemeinen Fettn hatte ich urplötzlich eine geniale Idee: Ich holte tief Luft, und mit einem schweren Seufzer gestand ich ihm, dass meine Mutter, Gott hab sie selig, ihre Jungfernschaft im fernen Vorarlberg verloren hat, anlässlich eines Ferialjobs, und mit mir als Gastgeschenk zurückgekommen ist. Es wäre doch denkmöglich, rein geographisch und zeitlich, dass ich sein Sohn bin, er mein Vater ist. (Ich schwöre dir, ohne die Mengen Wodka zuvor wäre ich nie auf eine so kranke Idee gekommen!) Wortlos hat er mich in den Arm genommen und angefangen zu heulen wie ein Schlosshund.

Tja, Bruderherz, und so hatte ich plötzlich einen besoffenen, aber reichen Vater, wie das Leben so spielt!

Wenn wir schon dabei sind, dachte ich mir, erzähl ich ihm auch die traurige Geschichte von dem anderen Heini. Gemeint bist du. Aber dass er auch dein Vater sein soll, das war dann doch zu viel.

Irgendwie haben wir uns beide erzählt, was der andere hören wollte, und mir nichts, dir nichts eine neue Biographie erfunden. Ihm war's wurscht, mir sowieso. Und da er wohl nicht mehr viel Zeit hat, hat er mich sozusagen vom Würstelstand weg adoptiert und dich gleich mit, obwohl du ganz eindeutig nicht aus seiner Feder stammst, wie er sich ausdrückte. Und noch zwei, drei, vier Wodka geschluckt (auf meine Rechnung). Er konnte sein Glück kaum fassen, so dicht war der schon. Zum Durstlöschen ein Stiegl hinterher, Schwechater war schon aus.

Dann erzählte ich ihm – so gut es in dem Zustand eben ging – vom Praterglück und von der Tante. Ich hab ihm auch gleich reingedrückt, dass mein Bruder, also du, der zwar nicht direkt sein Sohn ist, aber irgendwie dann doch, halb, wie auch immer, dass du also auf der Flucht bist vor finsteren Gesellen, die denken, dass du eines ihrer Familienmitglieder abgestochen hast. Da bekam er schon wieder Tränen in die Augen und hat tatsächlich gesagt: »Kaum gefunden, schon verloren?« Du wärst ihm immer so sympathisch gewesen, und ihr hättet euch so gut über Musik unterhalten. Geh, da haben sich also ein alter und ein uralter Möchtergernpunk über die guten alten Zeiten in den späten Siebzigern und frühen Achtzigern unterhalten, was? War es vielleicht doch der nuschelnde Mark, der den alten Depp an das Praterglück gefesselt hat, und nicht deine Currywürste? Mir wurscht, Hauptsache, das Terroir war bestellt, wie der Winzer sagt. Gratulation, Bruder, immerhin das hast du gut hinbekommen, wenn auch vermutlich ohne drüber nachzudenken.

Und was soll ich sagen, Bruder, heute früh stand er tatsächlich mit einem Sack Bargeld vor meiner Wohnung, keine Ahnung, woher er die Adresse hatte, und sagte in seiner Restfettn, wir sollen was Gescheites draus machen. Nur keinen DNA-Test. Er denkt, es sei eine schöne Geschichte, und wenn wir ihn in seiner neuen Rolle als Wahlvater respektvoll behandeln und uns irgendwie sohnesmäßig verhalten, soll heißen: ihn informieren, wie es uns geht, und ihn fragen, wie es ihm geht, usw. usw., ist er bereit, uns mit seinen Mitteln zu unterstützen, und wenn wir eine Geschäftsidee haben, die tragfähiger als die Scheißlipizzaneridee (seine Worte) ist, müssen wir die Kohle nicht zurückzahlen. Und ich schwör, dort, wo das herkommt, ist noch mehr.

Was soll ich jetzt mit seiner Anzahlung machen? Hast du Zugriff auf ein Konto? Gibt's Bankomaten in Slowenien?

B.

[SMS, 25. September, 07:30]

Na bitte, Mark hat's möglich gemacht! Konto habe ich keins, alles gelöscht, darf keine Spuren hinterlassen. Gibt's in Slovenja Nummernkonten? Oder muss ich in die Schweiz? P.

[SMS, 26. September, 23:51]

Was ist los mit dir, Paule? Zuerst Portoroz, jetzt Schweiz. Machst du einen auf Reiseführer? Ist es doch nicht so dringend? Ich könnte mit der Kohle auch in Urlaub fahren und treff dich wo. Oder FedEx, Western Union?

[SMS, 27. September, 08:55]

Nix FedEx. Den Amis trau ich nicht mehr. In die Schweiz komm ich doch nicht. Müsste trampen. Aber wer nimmt einen ungewaschenen Fast-Fünfzigjährigen mit? Das machen noch nicht mal Holländer auf dem Heimweg. Melde mich.

[E-Mail an paul2@yahoo.de, 28. September]

Paule, Paule,

so, wie die Dinge stehen, muss ich jetzt selbst auf eine Insel oder so etwas Ähnliches, auf jeden Fall sehr, sehr weit weg von Wien und dem Praterglück. Die Transnistrier, die den Stand gemietet haben – eigentlich glauben sie ja, sie hätten ihn gekauft –, sind momentan sehr unglücklich mit ihrer Investition. Tante Herta hat nämlich beschlossen doch noch nicht den Schirm zuzumachen, und erfreut sich wieder allerbester Gesundheit, seit sie im Krankenhaus – wahrscheinlich bei einer Darmspülung (das musst du dir jetzt vorstellen, ich denke, das Bild wirst du noch ein paar Tage vor Augen haben, funktioniert wie ein Ohrwurm, zum Beispiel wie das grauenhafte »Danke«-Pfaffenlied, da hilft verlässlich nur wegsaufen!), also nochmals: vermutlich bei einer Darmspülung – einen alten Knacker kennengelernt hat. Echt pervers, ich glaube, der ist schon 92. Na, auf jeden Fall kommt sie jetzt täglich mit ihrem neuen Lover zum Praterglück und behauptet dort, dass der Stand ihr gehört. Ihre idiotischen Neffen hätten gar nicht das Recht gehabt, den Laden zu verkaufen. Was den Transnistriern ganz und gar nicht gefällt, die brauchen dringend einen Tarnbetrieb für ihre miesen Geschäfte. Und die Herta hat sicherheitshalber gleich mal die Polizei gerufen, was die Transnistrier noch weniger freut – die haben ja außer dem von mir kunstvoll entworfenen »Kaufvertrag« rein gar nichts in der Hand. Und um dem Ganzen noch eins draufzusetzen, sind die Herta und ihr Haberer jetzt so was wie Kurzzeitpromis geworden.

Vielleicht erinnerst du dich an den schmierigen Journalisten, der hin und wieder bei uns herumhing, meistens sonntags nach dem Fußballspiel mit fußkranken Freunden. Auf jeden Fall hat der irgendwie mitbekommen, was die Herta da treibt, hat sich gedacht, eine Lovestory unter Grufties verkauft sich gut, geht im Kino ja auch, und hat eine herzergreifende Geschichte, von der rein gar nichts stimmt, über die beiden in der *Krone* gemacht. Wir kommen übrigens auch darin vor, allerdings nicht besonders gut weg. Auf jeden Fall, seit die blöde Geschichte draußen ist, kommt jeden Tag ein anderer Journalist, um einen Beitrag fürs Radio oder Fernsehen zu machen. Der Laden läuft seither wie geschmiert, die beiden Alten sitzen drin und grinsen wie die verliebten Hutschpferde, und du wirst es nicht glauben: Die Andjelina, die falsche Sau, führt den Stand. Sagt, sie hätte mit diesen Transnistriern gar nichts zu tun, das seien nämlich eigentlich Russen, und dass sie sich immer schon um »Tantchen Herta«, wie sie sie nennt, kümmern wollte. Die beiden »Scheißneffen«, das sind in dem Fall wohl wir, hätten sie aber daran gehindert! Das schlägt dem Fass den Zapfhahn aus.

So schaut's aus, und das sind definitiv keine guten Aussichten.

Aber es kommt noch ganz dick: Ich hatte gestern so etwas wie ein Nahtoderlebnis. Wie ich in meinem Stammwirtshaus sitze, um mich bei ein paar Bier von der ganzen Sache kurz zu erholen, stehen plötzlich zwei von den Russenschlägern neben mir. Du wirst dich erinnern, die beiden Großen mit den Kartoffelnasen im Gesicht. Wir haben immer gesagt, wenn die so dumm sind wie hässlich, dann haben sie den IQ eines Bierdeckels. Da haben wir dem Bierdeckel unrecht getan. Auf jeden Fall stehen die plötzlich links und rechts neben mir und sagen was von »Du mitkommst mit uns sofort!« Was sollte ich tun? Ich habe dem rechts neben mir mein Krügerlglas – mit einem Seiderl wäre das nicht so gut gegangen – auf die Kartoffelnase gehaut – die ist jetzt sicher gebrochen – und dem, der links von mir stand und zuerst nur blöd geschaut hat, das Knie in die Eier, das hat auch mir wehgetan. Wie die gebrüllt haben, ich glaube, die haben später das ganze Lokal kurz und klein geschlagen.

Und was mir am meisten wehgetan hat: Ich bin, ohne zu zahlen, aus meinem Stammlokal gelaufen, das heißt, da kann ich wahrscheinlich auch nicht mehr hin.

Ich habe mir noch in der Nacht eine Glatze geschnitten, schaut recht fesch aus – wenn ich mich nicht rasiere, erkennt mich hoffentlich niemand –, hab ein paar Sachen eingepackt und bin mit dem erstbesten Zug Richtung Slowenien gefahren. Jetzt steh ich hier in deinem Scheiß-Portoroz (oder war's Piran? Das gibt's hier ja auch) mit einem Haufen Geld. Wo bist du, Bruderherz?

Balthasar

[SMS, 28. September, 22:22]

Treffpunkt Restaurant Fritolin, mit Meerblick und exzellenten gegrillten Fischen, keine Würste, morgen 16 Uhr. In Portoroz, nicht Piran! P.

[E-Mail an balthasar@gmx.at, 17. November]

Bester Bruder Balthasar,

verzeih meinen abrupten Aufbruch aus Portoroz. Aber mir wurde das Pflaster zu heiß – trotz angenehmer Novembertemperaturen am Mittelmeer. Du scheinst ja Nerven wie Drahtseile zu haben, aber diese Typen im Fritolin: Das waren doch Russen, oder? Wenn nicht sogar Transnistrier. Der eine kam mir wirklich sehr bekannt vor. Und ich wollte auf keinen Fall physische Bekanntschaft mit ihnen machen wie du im Beisl. Ich bin im Gegensatz zu dir eher nicht der physische Typ. Ich denke zuerst, bevor ich zuschlage.

Darum habe ich mich wieder gen Norden aufgemacht. Und beim ziellosen Mäandern durch eure Kronländer bin ich in Ljubljana (Laibach) auf einen fidelen Böhmen getroffen, der für die Pilsner Brauerei arbeitet. Wie du weißt, machen die da eins der besten Biere der Welt – haben es Mitte des 19. Jahrhunderts praktisch erfunden. Das war damals übrigens ein Landsmann von mir aus Bayern, der aber mindestens so ein Ekelpaket wie du gewesen sein muss. Der begnadete, aber soziophobe Braumeister ist dann rasch verstorben, und seine Nachfolger haben sein Werk fortgesetzt, und die Pilsner brauen heute immer noch so wie er. Mein neuer Freund aus Laibach lud mich ein, mit ihm nach Pilsen zu fahren, seine Brauerei zu besichtigen und dann für ihn am Altstädter Ring in Prag Würstel zu braten, während er die Biere zapft. Weihnachten naht, und ab Mitte November machen die in Prag einen Adventsmarkt auf ihrem Marktplatz rund um diesen riesigen Turm mit der Uhr. Und da wird dann alles Mögliche gebraten und frittiert (dazu später mehr, ich sage dir ...), aber eben keine feinen Käsekrainer und schon gar keine scharfen Currywürste. Da ist meine Kompetenz gefragt! Und die bringe ich ein, gern. Hier kann ich endlich über echter Holzkohle auf einem echten Rost grillen und muss den armen Würsten nicht wie im Praterglück beim langsamen Vor-sich-hin-Schrumpeln auf der Wärmeplatte zusehen. Mach das ruhig wieder, wenn du zurück in Wien bist. Aber pass auf, dass du einen Sicherheitsabstand zu unseren transnistrisch-russischen Freunden hältst. Ich glaube, die sind wir noch nicht ganz los. Allerdings werden die wohl nicht auf die Idee kommen, mich ausgerechnet in Prag zu suchen! Hier bleibe ich mindestens bis Silvester, lach mir eine hübsche Böhmin an, lese ein bisschen Kafka, trinke jede Menge Pilsner und grille vor mich hin. Komm mich bloß nicht besuchen.

Dein Paul

[E-Mail an paul2@yahoo.de, 17. November]

Hallo Paul,

oder sollte ich jetzt besser sagen: Pavel? Interessant, wieder mal ein E-Mail von dir zu bekommen, spurloser Bruder!

Typisch, dass du jetzt die böhmischen Wurzeln der österreichischen Küche erkundest und das mit einer hübschen Böhmin garnieren und mit ein paar Kübeln Pilsner Bier runterspülen willst. Du bist so Achtziger, dass es kaum zu glauben ist. Alter, das haben wir schon lange hinter uns, und das gilt ja sogar auch für deine Verwandten aus dem Osten, wo wohl deine bipolare Barbara herkommt.

Der deutsche Grillmeister mit Berliner Currywurst am Altstädter Ring. Super, da wünsch ich dir viel Glück. Hauptsache, du hältst den Sicherheitsabstand auch zu mir ein. Da kann meinetwegen auch noch die eine oder andere Böhmin dazwischen sein samt Pilsner Urqell. Wobei es ja wesentlich bessere Biere gibt als das überschätzte Pilsner, aber was soll's, du bist ja nach wie vor der besserwisserische Ignorant vor dem Herrn.

Apropos »Da ist meine Kompetenz gefragt«: Darf ich dich daran erinnern, dass deine plötzliche Abreise aus Portoroz weniger mit verdächtigen transnistrischen Russen am Nachbartisch zu tun hatte als mit der sehr realen Tatsache, dass du um ein Haar die junge Freundin eines steinreichen amerikanischen Yachtbesitzers ausgeknipst hättest mit deinen sagenhaften Grillkünsten und den selbstgemachten Nürnbergerwürstel nach Großmutters Rezept. Keine Ahnung, wo du die Dinger vorher rumgeschleppt hast, die waren ja schon seit Tagen ungenießbar. Aber du hast immer nur von der unglaublichen Haltbarkeit deiner Würstel gesprochen und dass sie vor hundert Jahren auch keinen Kühlschrank hatten.

Auf jeden Fall haben alle binnen kürzester Zeit eigenartige Zustände bekommen von deinen Würsten. Die kleine slowenische Freundin des Amis, die hat echt angefangen zu schielen und zu taumeln, als wäre sie besoffen, konnte kaum mehr sprechen und war dann pro Tag geschätzte 23 Stunden am Häusl. Du hast nur gesagt, wenn die Urschel – die Ludmilla heißt – die Wurst nicht gleich halb roh gefressen hätte, wäre es sicher anders ausgegangen. Sie hat sich mit deiner Grillkunst eine 1-a-Wurstvergiftung – unter uns Medizinern auch bekannt als Botulismus – zugezogen.

Ich darf dir sagen, die ganzen 30 Jahre, die das Praterglück bestanden hat, ist so etwas nie passiert. Na gut, hin und wieder ist einem schlecht geworden, aber das lag dann nicht an den Würsteln, sondern mehr an der Begleitmusik wie Bier und Schnaps. Und der eine Gast, der mehr oder weniger volley von unserem Würstelstand ohne Zwischenaufenthalt in ein hoffentlich besseres Jenseits gewechselt ist, hatte das nicht einer Wurstvergiftung à la Paul, sondern einem Bauchstich zu verdanken.

Man glaubt ja nicht, was aus so einem aparten Persönchen rauskommen kann, jenseitig! Stündlich wurde sie weniger, und viel war da nicht dran, um weniger zu werden. Wenn die Ludmilla den Schirm zugemacht, soll heißen, den Löffel abgegeben hätte, nur weil sie deine Wurstgrillerei nicht vertragen hat – frage nicht! Das wäre nicht nur menschlich sehr bedauerlich gewesen, nein, dann wär auch wirklich viel Geld hin. Ich möchte nicht wissen, was der Ami in sie investiert hat, original gewachsen war an der nichts mehr. Gott sei Dank sind wir jetzt ja beide weit genug weg!

Grill du nur weiter im Schatten des Prager Uhrturms – ich glaube, der heißt Muntzki Turmni –, und gib acht, dass du nicht wieder wen vergiftest. Ich widme mich inzwischen einem neuen Geschäftszweig. Dem Ami wäre es ja wurscht gewesen, ob er dich oder mich kaltmacht. Nach dem Desaster mit seiner Ludmilla, die nach deiner

Wurstbehandlung nur mehr die Hälfte wert war, hätte er wohl auch mit dem Bruder des großen Grill-Akrobaten vorliebgenommen.

Ich habe mich, sobald ich gemerkt habe, dass du abgehauen bist – übrigens danke, dass du mich nicht vorgewarnt hast –, ebenfalls aus dem Staub gemacht und bin zurück nach Wien. Ich denke, mit Bart und Glatze und dem Fensterglas vor den Augen wird mich so schnell niemand erkennen in der Stadt der Käsekrainer!

Und weißt du, was ich hier mache? Natürlich weißt du das nicht! Ich kann endlich eine alte Geschäftsidee von mir verwirklichen – nein, nicht die mit den Lipizzanern. Ich bin nun Wiens erster Guerilla-Griller! Da schaust du, Bruder, was? Das heißt, ich bin unterwegs mit einem kleinen Faltgrill und grille überall, wo es gerade passt und ich Kundschaft finde, ohne Genehmigung, ohne Marktamt und ohne Finanzamt! Ich hab mir schon überlegt, ob ich mein neues Geschäft nicht »Black Beauty« nennen soll! Aber wahrscheinlich bleibe ich doch bei »Hertas kleines Würstelglück«. Cool, nicht?

Demnächst mehr, du böhmischer Piefke. Bleib, wo du bist! Ich muss meinen Griller aufbauen, Kundschaft ist angesagt.

Ahoj

PS:
Nicht jeder, der etwas fies ausschaut, ist Transnistrier, und nicht jeder Russe oder Rumäne ist hinter dir her!

[E-Mail an balthasar@gmx.at, 18. November]

Balthasar, du unverbesserlicher Grantler,

im Tschechischen gibt es sicher auch einen Begriff für schlechte Laune, denn ihren Grant pflegen die hier auch, meine Herren. Muss mal Vaclav fragen. Leider fremdeln sie auch fremder Küche gegenüber. Und der deutsche / italienische / amerikanische / japanische Tourist (transnistrische sind Gott sei Dank sehr selten) möchte tatsächlich lieber diese fettigen Klobassen fressen! Was ist das denn für ein Name? KLO-basse! Ich fress die Klobassen und Sneks jedenfalls nicht, grill sie nur gezwungenermaßen. Lieber verfeinere ich sie mit meiner selbstgemachten Currysoße. Ich erspare dir an dieser Stelle die Details meiner Rezeptur. An meinen Currywürsten hast du ja schon im Praterglück herumgemäkelt. Du bist wie alle: Wat de Buer nich kennt, dat fret he nich. Aber immerhin liefen doch unsere Currywürste in Wien wirklich super!

Und ich fange jetzt gar nicht mit unseren Biowürsten an. Bio in Prag, da lachen die tschechischen Blesshühner! Vaclav hält das vermutlich – genau wie du testosterongesteuerter Schwachkopf – für »schwules Essen«.

Hat nicht jeder Wiener mindestens eine böhmische Großmutter oder Tante Namens Julesch? Du würdest hier jedenfalls gar nicht auffallen: Die Leute sind etwas grobschlächtig, unhöflich, fressen den ganzen Tag fettige Sachen und haben schlechte Laune. Nur die Touristenmassen scheinen sich zu amüsieren. Ich versuche, ihnen so viele Kronen wie möglich aus der Tasche zu ziehen, und gebe den von all der Geschichte rundum völlig euphorisierten Touristen immer falsch raus. Die kennen sich mit diesen Kronen ja nicht aus. Vaclav redet mir deswegen immer ins Gewissen, die feige Nuss. Dabei dachte ich, die Tschechen seien geschäftssinnige Leute, aber die Zeiten scheinen vorbei zu sein.

Ich hab schlechte Laune heute. Es ist scheißkalt, hier stinkt's überall nach fettigen Sachen, schlimmer als im Praterglück nach deiner Schicht. Und sie spielen eine grässliche Weihnachtsmusik.

PS:
Die Uhr nennen sie übrigens *Staromestský orloj*, was übersetzt Altstädter Uhr heißt. Der Turm gehört zum Rathaus und hat gar keinen Namen, Schlauberger. Und Pilsner Urquell ist das beste Bier der Welt!

PPS:
Guerilla-Grillen im Winter? Ich lach mich schlapp. Hast du jetzt den Revoluzzer in dir entdeckt? Oder haben sie dir nach der ganzen Scheiße mit dem Praterglück die Lizenz zum Grillen verweigert?

Pavel

[E-Mail an paul2@yahoo.de, 19. November]
Hallo heiliger Pavel,

der du frei bist von Vorurteilen: »Die Leute sind etwas grobschlächtig, unhöflich, fressen den ganzen Tag fettige Sachen und haben schlechte Laune« und: »Hat nicht jeder Wiener mindestens eine böhmische Großmutter oder Tante namens Julesch?« Und dann noch diese schwule Blesshuhnwurst. Was ist mit dir los, Bruder, bist du aus dem Bett gefallen und am Kopf gelandet?

Mehr als einmal hat sich wer bei mir beschwert, dass du immer heimlich den Daumen auf die Waage hältst, wenn du den Leberkäse abwiegst, und sogar vor Tante Herta, dem Miststück, hast du nicht haltgemacht und hast versucht, sie an allen Ecken und Enden zu bedackeln, nur war die eben etwas schlauer als du!

Zum Guerilla-Grillen: Nein, ich habe jetzt nicht den Revoluzzer in mir entdeckt, du Schwachkopf. Guerilla-Grillen ist wie Guerilla-Marketing oder Guerilla-Gardening, aber von solchen Dingen hast du ja wohl noch nie was gehört. Guerilla-Grillen ist dabei am wenigsten bekannt, habe ich, glaube ich, erfunden, sozusagen eine Revolution der mobilen Grillkunst, und wenn du so willst, ja, dann bin ich auch ein Revolutionär! Ein Revolutionär der urbanen Grillkunst!

Aber noch mal in einfachen Worten für dich: Ich habe ein kleines mobiles Grill-Equipment, das ich mangels Auto – die Scheißkarre ist eingegangen – momentan leider mit dem Fahrrad herumführen muss. Ja, ja, ich weiß, das haben ca. 50 000 Türken und Jugos, die jedes Wochenende auf der Donauinsel Grillpartys abfeiern, auch. Der Unterschied ist, die grillen für sich. Ich grille für andere, mich kann man buchen, und ich grille auch auf einer Dachterrasse, im Hausgarten, im Park oder auf einem Parkplatz vor einem Fußballmatch usw. Ein hochseriöses Geschäft also, mit Potenzial. Vielleicht kannst du ja, wenn das alles läuft, mein Franchisenehmer werden, von »Hertas kleines

Würstelglück«! Aber du wirst noch einiges lernen müssen, bevor du einsteigen, d.h. einzahlen darfst.

Ich bin gerade dabei, eine Brühwurstkanone zu entwickeln. Für die Leute, die keine gegrillte Wurst wollen. Die Brühwurstkanone – habe ich schon patentieren lassen, musst dich also gar nicht erst bemühen – also, die Brühwurstkanone musst du dir wie einen ca. 1,5 Meter langen, mit heißem Wasser gefüllten Zylinder vorstellen. Also wie einen überdimensionierten Bierwärmer, nur dass in meiner Brühwurstkanone im Inneren Würstel aufgereiht sind, die auf den Abschuss warten. Das ist auch der schwierigste Teil der Konstruktion: Wie krieg ich die Würstel einzeln raus, ohne dass das ganze warme Wasser und die restlichen Würstel gleich mitflutschen, daran arbeite ich noch.

Jetzt muss ich aber schnell meinen Businessplan fertig machen, treffe heute Nachmittag am Viktor-Adler-Markt einen Financier, der sehr interessiert ist an meinen Plänen und mit einem Packen Kohle einsteigen möchte.

Bitte vergraul den Vaclav nicht, damit er dich noch lange bei sich behält.

Ahoj mit »j«. Balthasar

[SMS, 3. Dezember, 11:13]

Nur so viel: Bin mit den Einheimischen versöhnt, habe eine von ihnen näher kennengelernt. Heißt lustigerweise auch Ludmilla. Ist aber bestimmt schöner und weniger operiert. Und Tschechin. Habe Schädel, morgen mehr. P.

[E-Mail an balthasar@gmx.at, 4. Dezember]
Bester Bruder,

bin aus meinem liebes- und alkoholinduzierten Koma erwacht – in dem ich trotzdem noch arbeiten muss, scheiß Vaclav. Aber Vaclav hat mir klargemacht, dass ich fliege, wenn ich nicht schnell wieder an unserem Stand erscheine. Mann, das waren Zeiten, als ich noch selbstständiger Unternehmer war. Lieber teile ich meine Bude mit dir und Tantchen, als mich mit diesem überkorrekten Typen herumärgern zu müssen. Immerhin konnte ich ihn überreden, dass Ludmilla mir assistieren darf. Zahlen tut er ihr nix (kommt dir das bekannt vor, Bruderherz?), aber das ist Ludmilla egal (glaube ich).

Und seit ich Weihnachtslieder von Elvis spiele, läuft auch endlich das Geschäft. An die Käsekrainer und die Burenwurst konnte ich unsere Gäste schon gewöhnen – und ein paar Berliner und Westdeutsche mit meiner exzellenten Currywurst überraschen.

»Ein Revolutionär der urbanen Grillkunst!« – dass ich nicht lache. Du bist weder Revolutionär noch Künstler – nie gewesen. Du bist ein dumpfer, übergewichtiger Wiener Proll mit Vorarlberger Wurzeln, also noch schlimmer als ein echter Wiener (daher dein Geiz und deine Humorlosigkeit). Ich dagegen bin (eigentlich) ein Schöngeist. Immerhin habe ich in Berlin mal studiert (wenn auch nie zu Ende, aber das teile ich mit vielen sehr erfolgreichen Menschen), war literarisch (wenn auch vorübergehend) tätig, habe mir einen exzellenten Musikgeschmack über die Jahre angeeignet und kann drei Gedichte von Benn und eines von Hölderlin auswendig rezitieren.

Ist Blut wirklich dicker als Wasser (oder Bier)? Als wir da am Strand von Portoroz saßen oder bei gegrillten Ährenfischen im Fritolin, dachte ich manchmal, dass wir uns doch irgendwann irgendwie nahekommen könnten. Ganz ehrlich, Bruderherz, manchmal fehlst du mir hier in Prag. Wir zwei Seit an Seit am Altstädter Ring, Elvis singt den weihnachtlichen Blues, die Käsekrainer und die Sneks platzen, und Ludmilla bringt uns zwei frischgezapfte Pilsner von Vaclav gegenüber.

Komm halt her und bau deinen scheiß Guerilla-Grill hier auf! Und wenn du nett zu mir bist, lege ich vielleicht auch ein gutes Wort bei Vaclav für dich ein. Dann bekommst du sogar einen *richtigen* Grill.

Vorweihnachtlich milde:
Pavel

[E-mail an paul2@yahoo.de, 6. Dezember]
Paul – Pavel,

Scheiße Mann, Pauli, du romantischer Traumtänzer, bist du jetzt dauerdicht vom Pilsnersaftl? Pack deinen Krempel ein und komm sofort nach Wien, sonst hast du die längste Zeit einen Bruder gehabt! Wenn du wenigstens dein Scheißtelefon wieder aktivieren würdest, müsste ich nicht so scheißumständliche Mails schreiben, du Schöngeist!

Der Typ, den ich am Viktor-Adler-Markt treffen sollte, das war kein Financier oder potenzieller Geschäftspartner, sondern einer deiner transnistrischen Freunde, die dich noch immer kaltmachen wollen. Mein Businessangel ist nämlich nicht allein gekommen, die waren zu fünft, und einem von denen habe ich kurz vor meiner abrupten Abreise aus Wien noch ein Bierkrügerl über den Schädel gezogen. Mit der Narbe schaut er fast interessanter, aber auch noch gefährlicher aus. Und zwei von den Typen waren ganz sicher *echte* Russen, die mischen da jetzt auch mit, heilige Scheiße, das wird immer enger.

Sie haben mich voll in die Mangel genommen, und mir ist nichts anderes übergeblieben, als ihnen zu sagen, dass du in Prag am Altstädter Ring stehst und die dortige Bevölkerung mit deiner Currykohle vergiftest. Aber nicht genug damit, die Schweinehunde haben mir mein Minigrill-Patent abgenommen, als Anzahlung, wie sie gesagt haben, und ich soll für sie arbeiten, bis das Geld zurückbezahlt ist, das sie ins Praterglück gesteckt haben, in dem jetzt Tante Herta sitzt und eiskalt erntet, was wir gesät haben. Dabei sollte die Alte doch schon lange hinüber sein, aber deine Superpläne haben ja allesamt nicht funktioniert, Mr Superkiller.

Vielleicht hätten wir die Kohle vom Spanielmann doch nicht fröhlich im Fritolin verprassen sollen. Aber man lebt ja nur einmal.

Zuerst war es die »süße Andjelina«, die dich in Wien über den Grill gezogen hat, dafür hast du nun die richtige Russenmafia am Hals. Und jetzt kommst du mit der nächsten Ludmilla daher. Du bist echt erfahrungsresistent! Ich schwör dir, innerhalb der nächsten paar Tage wärst du eh draufgekommen, dass die Ludmilla was mit deinem Vaclav hat, und dann hättest du bestenfalls den Grill schrubben können – kannst du eh am besten – und nicht mehr die Ludmilla bürsten!

Also, pack deinen Elvis ein und komm her, hier ist Feuer am Dach. Eine gebrochene Nase und paar Dellen in deiner eh schon ramponierten Karosserie kriegst du hier genauso gut wie in deinem geliebten Prag.

Presto! Bruder Balthasar

[SMS, 7. Dezember, 11:13]

Bist du vollkommen bescheuert, Balthasar? Was erzählst du feige Sau den blöden Osteuropäern, dass ich in Prag bin? Ich werde den Teufel tun und nach Wien kommen! Sollen die Möchtegern-Mafiosi doch nach Böhmen reisen. Dann bin ich aber längst weg. Und ich werde dir Petze nicht verraten, wo ich dann meine Currywürste brate. Du hast doch mit den Russen, Rumänen oder Moldawiern angefangen, nicht ich! Diese Borschtsch kannste selbst auslöffeln. So dicke ist unser Blut dann auch wieder nicht. – Sayonara, wie der Japaner sagt. P

[SMS, 8. Dezember, 15:14]

Sie sind schon da, und ich bin weg. Danke, Bruder … Byebye, Ludmilla! P.

[SMS, 8. Dezember, 15:15]

Ah! Endlich wieder Telefon! Wo bist du denn hin? Komm endlich her, Tante Herta macht Supergeschäfte mit dem Praterglück, nachdem das Ding in der Presse war. Also schieb deinen deutschen Arsch her, und wir übernehmen das hier und verfrachten Herta ins Altersheim. Da kann sie mit ihrer späten Liebe glücklich werden. Das mit den Transnistriern regeln wir schon. Vereint sind wir unschlagbar! Außerdem hat Andjelina nach dir gefragt. Ich glaub, sie vermisst dich. Ist mir zwar unerklärlich, aber wer versteht schon die Frauen. B.

[SMS, 9. Dezember, 02:15]
Bruder, überredet, ich eile. Ohne mich geht halt bei dir doch nix. Habe keine Lust mehr, vor den Russen davonzulaufen. Außerdem bin ich pleite. P.

[Textdatei Never Say Never Again, 15. Dezember]
Balthasar, Bruder am Rost,

ich habe mich mit Andjelina versöhnt. Das ewig sich drehende Riesenrad ohne uns Liebestäubchen ist mir aufs Gemüt geschlagen.

Gestern stand das Goldkind wie vom Himmel gefallen plötzlich vor meiner Haustür in Favoriten und lächelte etwas schief. Ich hab ihr ein paar meiner Lieblingsplatten vorgespielt und ihr zwei Gedichte von Gottfried Benn vorgelesen. Das nenne ich Vorspiel. Deine Methode bei Frauen dürfte sein: Abfüllen und dann rein und raus, je schneller, desto besser.

Aber ich möchte mich wirklich nicht in dein Liebesleben einmischen. Ich sage nur, Andjelina kann keiner Fliege was zuleide tun, auch keinem moldawischen Transnistrier, nicht mal in Notwehr. Und sie würde auch nie bei den Bullen anrufen und irgendwen, schon gar nicht mich, verpetzen. Aber der Tote war wirklich ein Cousin von ihr. Was der nun wieder mit deinen osteuropäischen Freunden zu tun hat, wusste sie auch nicht. Aber wie gesagt, hinter den Karpaten sind ja irgendwie alle miteinander verwandt. So wie in euren alpinen Gebirgstälern, ihr alten Schluchtenscheißer.

Wir treffen uns also morgen Abend um neun am Würstelstand, um die Übergabe mit Tante Herta ein für alle Mal zu klären.

See you!
Paul

[SMS, 17. Dezember, 00:24]
Scheiße, Bruder, ich stehe hier vor lauter rauchenden Trümmern, jemand hat das Praterglück in die Luft gesprengt! Vermutlich mit Tante und allem. Hier hängt alles Mögliche in den Bäumen. Bleib bloß weg, und besorg dir schleunigst ein Alibi, irgendwie, das mach ich auch. Oder hast du etwa Hand angelegt? An sich keine schlechte Idee, so sind wir die Kretzn endlich los. Aber das hättest du mit mir besprechen können. B.

[Textdatei Dancin' in the Ruins, 17. Dezember]
Balthasar,

Mannomann, das hat mich umgehauen, krieg kein Auge zu. Ich bin natürlich noch mal hin, im Morgengrauen. Das schwelte immer noch, feiner, stinkender Rauch zog über die Kastanien der Hauptallee, über die Trümmer unseres Lebenswerks. Alles hin! Wer tut so etwas, Balthasar? Und komm mir jetzt nicht mit den Russen. Das muss was mit Tantchens Vorleben zu tun haben. Alte, sehr alte Rechnungen. Oder neidische Konkurrenten.

Jetzt tut mir die alte Schreckschraube doch leid. So ein Ende hat sie nicht verdient. Altersheim hätte gereicht. Und wie sollen wir jetzt weitermachen? Ich hab keine Lust, mit deinem Guerilla-Grill im Regen zu stehen! Ob wir was erben? Meinst du, die Bullen wollen uns dafür auch noch drankriegen? Sollen wir uns gegenseitig ein Alibi geben, hm?

Paul, schlaflos in Favoriten

[Balthasar, im Vernehmungsraum mit Kommissar und beisitzendem Kriminalpolizisten, antwortet dem Kommissar, 17. Dezember, 11:56]

»Na, Herr Kommissar, waren Sie eine rauchen, oder haben Sie meinen feinen Bruder in der anderen strengen Kammer besucht? Der wird Ihnen sicher eine wüste Geschichte über mich erzählt haben. Hab ich ja vorhin schon gesagt, dem können Sie nichts glauben, der lügt wie gedruckt!«

…

»Warum ich das sage? Na, weil es wahr ist. Seit ich ihn kenne, lügt der nur. Kenne ihn allerdings erst seit knapp einem Jahr. Das müssen Sie sich einmal vorstellen: Da wird man 50 Jahre alt, mit allem, was dazugehört, mit Höhen und Tiefen, Tiefen vor allem – das kennen Sie ja wohl auch, wenn ich mir Ihre dunklen Ringe um die Augen so ansehe –, und dann taucht plötzlich aus dem Nichts oder, noch schlimmer, aus Berlin jemand auf, der Ihr Bruder ist, und das angeblich schon seit 45 Jahren. Das ist doch verrückt! Ich meine, wenn das wirklich mein Bruder wäre – was ich ja immer noch nicht glauben kann –, dann hätte ich doch etwas gespürt. Die Stimme des Bluts, wie man so sagt. Vielleicht nicht die ganzen 45 Jahre lang, aber zumindest, als ich ihn das erste Mal gesehen habe. Aber nichts, da war rein gar nichts. Die Tante Herta hätte mir genauso gut ihren türkischen Bäcker oder den bosnischen Hausmeister präsentieren können. Die hätten mir nicht unähnlicher sein können als der piefkinesische Bankert, mit dem das ganze Unglück angefangen hat. Seit der da ist und seine Finger in meinen Würstelstand steckt, ist der Wurm drin, ein regelrechter Würstelstandvirus ist das.«

…

»Wie? Na ja, das stimmt so nicht ganz, der Würstelstand gehört natürlich noch immer der Tante Herta, und ich unterstütze sie dabei. Das heißt, ich mach die Arbeit, und sie kassiert, aber weil ich das schon seit Jahren mache und die Tante mir immer versprochen hat, dass ich das Praterglück eines Tages erben würde, Gott hab sie selig, spreche ich natürlich – gewohnheitsmäßig sozusagen – von meinem Würstelstand.«

…

»Wieso? Ich habe nicht gesagt, dass die Tante tot ist, ich habe nur gesagt ›Gott hab sie selig‹, weil, wenn sie mir dann eines Tages den Würstelstand vererbt haben werden wird, dann muss sie dafür zuvor tot sein, oder nicht? Und im Übrigen gehe ich schon davon aus, dass ihr was passiert ist, weil sonst wäre ich ja nicht hier in Ihrer durchaus erbaulichen Gesellschaft an meinem freien Tag. Wenn die Tante nur verschwunden wäre, dann würde ich mich wohl eher mit einem Kollegen vom Fundamt unterhalten und nicht mit einem echten Krimineser aus der Leib-und-Leben-Abteilung, oder wie das bei euch hier heißt.«

...

»Nein, ich kann nur wiederholen, was ich schon die ganze Zeit gesagt habe. Ich habe die Tante Herta nicht irgendwo vergraben, und ich habe den Würstelstand nicht in die Luft gesprengt. Das wäre doch verrückt, wenn ich das Praterglück, bevor ich es von der Tante überschrieben bekomme, in die Luft sprenge und die Tante, bevor sie mir den Stand vererben kann, verschwinden lasse. Ich habe kein Motiv, oder noch besser: Ich habe ein negatives Motiv: Ich habe das größte Interesse, dass die Tante lebt und das Praterglück gut läuft.«

...

»Natürlich war die Tante eine Kretzn, vor allem seit der komische Bruder aufgetaucht ist, so ist das halt mit der Verwandtschaft. Aber das ist noch lange kein Grund, Tante und Würstelstand in die Luft zu jagen. Außerdem hätte ja die CSI Würstelstand ein paar Spuren von der Tante finden müssen, neben den ganzen Käsekrainern, Burenwürsten und Teufelsroller-Resten, die da in der Gegend verstreut herumgelegen und in den Bäumen und Büschen gehangen sind. Ich glaube nicht, dass die Tante drin gewesen und mit dem ganzen Kramuri in die Luft geflogen ist, oder wissen Sie was anderes? Hat mein feiner Bruder schon gestanden?«

…

»Dass er was mit der Sache zu tun hat, möchte ich so direkt nicht sagen. Das streichen Sie bitte wieder aus dem Protokoll. Ehrlich gesagt, bin ich fast froh, dass wir hier sitzen und uns unterhalten können in aller Ruhe. Das war ja schon fast Telepathie, dass Sie mich eingeladen haben zu dem netten Plauscherl. Sobald ich von dem Unglück gehört habe, habe ich mir gedacht: Ich sollte vielleicht mit jemandem von der Polizei sprechen. Da sind Sie mir halt zuvorgekommen. Aber Sie wissen ja, wie das ist, der Paul ist zwar ein Idiot, aber wahrscheinlich halt doch mein Bruder, und den eigenen Bruder möchte man ja nicht verdächtigen, dass er mit dem eventuellen Ableben der Lieblingstante etwas zu tun hat.«

…

»Das ist etwas schwierig zu beantworten, ich kann nämlich gar nicht genau sagen, was mein Bruder so macht die ganze Zeit. Was Sie nicht wissen können, ist nämlich, dass wir praktisch nie miteinander sprechen. Das hat sich als sehr hilfreich im Umgang erwiesen. Das heißt, wir schreiben uns immer nur das Wichtigste und Notwendigste in ein Mail oder auf einen Zettel oder so, und wenn dann der andere wieder Dienst hat, kann er nachlesen, was der eine von ihm will oder von ihm hält oder was im Würstelstand als Nächstes zu tun ist. Meist muss ich dem ahnungslosen Großmaul ja Tipps für den gesunden Alltag am Würstelstand geben. Ich könnte regelrecht eine kleine Fibel zu dem Thema schreiben. Vielleicht gar keine so schlechte Idee, jetzt, wo das Praterglück hin ist und mein Einkommen perdu.«

…

»Ja, ich glaube, unsere Kommunikation auf Distanz könnte man fachsprachlich durchaus als ›angewandte Gewaltprävention‹ bezeichnen.«

…

»Wie bitte, der unverschämte Hund hat angedeutet, ich hätte die Tante gesprengt? Das ist eine verdammte Lüge und bösartige Unterstellung. Wenn einer von uns beiden die Finger im Spiel hatte, dann war das der Paul. Der war doch immer pleite, hat sich in der Stadt nicht ausgekannt, hat keine Freunde, war immer notgeil und hat versucht, bei der Andjelina, unserer Putzfrau, zu landen. Vielleicht hat er ihr wieder was versprochen, und die Andjelina und ihre transnistrischen Freunde haben den Stand in die Luft gesprengt.«

…

»Die Geschichte mit den Transnistriern müssten Sie eigentlich kennen, dazu wurde doch Paul befragt. Vor ein paar Monaten hat sich ein Mitglied der heimischen Mafia aus Moldawien beziehungsweise diesem moldawischen Rumpfstaat Transnistrien entschlossen, unweit von unserem Praterglück, dem besten Würstel-Etablissement der Stadt, seine letzten Atemzüge zu tun. Ihre sehr bildhübsche Kollegin, die jetzt den Paul befragt, hat den Fall untersucht. Hat sie eigentlich auch mal einen freien Abend, ich meine, glauben Sie … oder ist das dienstrechtlich nicht möglich, dass die mit mir mal …?«

…

»Übrigens sehr raffiniert, dass Sie den Paul von Ihrer Kollegin befragen lassen, die muss den nur anblinzeln, und schon gesteht er, die Saliera geklaut zu haben.«

…

»Nein, das war ein Scherz. Der Paul hat seit Monaten einen hormonellen Hochstand, wenn sie wissen, was ich meine. Sie hätten hören sollen, was der der Andjelina vorgesäuselt hat. Natürlich vergebens, die hat ihn nur verarscht, und er hat gezahlt für Schmuck und Geschenke und dies und das, und ich habe mit meinem Anteil am Praterglück mitgezahlt, an der verliebten Idiotie. Wenn ich wen sprengen würde, dann doch am ehesten meinen Bruder und nicht die Tante, und schon gar nicht das Praterglück.«

…

»Vielleicht durchleuchten Sie ja einmal die Geschichte der Tante, die war – oder besser: *ist* ja auch kein Kind von Traurigkeit und hat mit ihrem Mann, meinem Stiefonkel, lange Zeit bei irgendwelchen Halbweltgeschichten mitgemischt. So lange, bis der Onkel Fred kopfüber in den Frittierer gestürzt ist und sein Leben als Langos beendet hat. Ist zwar schon lange her, aber vielleicht sind da ja noch alte Rechnungen offen.«

…

»Mein Alibi? Ich habe dem Kollegen schon gesagt, dass das ein wenig schwierig ist. Mein Alibi ist, dass ich kein Motiv habe. Aber ich kann Ihnen die Geschichte gerne noch einmal erklären: Mein Bruder und ich haben uns an dem Abend kurz getroffen, im Prater, eigentlich wollten wir uns nur einmal ›normal‹ unterhalten über unsere gemeinsame Mutter und so familiäre Geschichten austauschen, um uns etwas näherzukommen und die Zukunft des Praterglücks zu besprechen. Das war aber nicht möglich mit dem arroganten Schnösel. Der setzt sich hin und hält mir – mir! – einen Vortrag darüber, wie ein Wiener

Würstelstand zu führen ist, der dahergelaufene Scheiß … 'tschuldigung … Piefkineser. Also, ich habe mir das nicht lange angehört, sondern hab den Affen einfach nach Hause geschickt. Ich glaube, er hat es erst gar nicht gemerkt, so fasziniert war er von seinem eigenen schwülstigen Currywurstgeschwätz. Ja, und dann war ja am Abend des Unglücks auch Vollmond oder Neumond oder irgendein anderer Mond. Auf jeden Fall war da eine Konstellation, die mich ins Wirtshaus getrieben hat: zuerst zum Grünen Matrosen, dann zum Gelben Anker, dann ins Espresso Wally, und dann wird es mit der Erinnerung schon etwas schwieriger. Weil dann war ich wieder im Prater, und da bieten sich zu später Stunde ja vielfältige Unterhaltungsmöglichkeiten jeder Art, Sie wissen schon.«

…

»Sie wissen nicht? Okay, glaube ich zwar nicht, aber ich werde versuchen, das genauer zu beschreiben. In der Nähe der Südportalstraße ist ein Wurststand.«

…

»Nein, das ist keine Konkurrenz, eher ein Kollege, wir besuchen uns hin und wieder gegenseitig. Ja, und dort in der Südportalstraße waren früher immer auffallend viele auffallend hübsche junge Frauen, die da so herumgestanden sind.«

…

»Also, Straßenstrich würde ich das eher nicht nennen, mehr eine unkomplizierte Kennenlernstrecke. Wie auch immer, ich bin also auf meiner Tour beim Würstelstand zur Messe vorbeigekommen, um mit dem Betreiber noch ein wenig zu fachsimpeln über die Branche und wo wer was einkauft und wer vielleicht seinen Stand an wen verkaufen möchte und so weiter. Ein Gespräch unter Geschäftsmännern also. Und wie ich so da steh und ein Bier mit einem kleinen Wodka trinke, fällt mir eine hübsche junge Frau auf, die mich so anlächelt. Was soll ich sagen: eine Wucht. Der Connaisseur würde sagen: Milchkakao und eine Haut wie ein frischer Pfirsich mit mandelförmigen blauen Rehaugen, was zwar ein Blödsinn ist, aber stimmt. Wie auch immer. Ich habe mich mit der jungen Wucht sehr schnell auf einen angemessenen Unterstützungsbeitrag für ihre Familie geeinigt, und dann sind wir gemeinsam weitergezogen. Erst ins Wettkasino, dann in eine Bar und einen Nachtclub, und irgendwann bin ich in der Früh zu Hause bei mir wach geworden, weil einer Ihrer Kollegen wie verrückt an meine Tür geklopft hat, um mir zu sagen, dass das Praterglück in die Luft geflogen wäre. Und der hat mich dann gleich mitgenommen zu einem ersten Gespräch.«

…

»Nein, ich habe Ihrem Kollegen schon mehrmals gesagt, dass ich mich an den Namen der Südseemaus leider nicht erinnern kann. Ich weiß nur, dass sie von einer Insel kommt, Haiti oder Tahiti oder Madagaskar oder Sansibar. Mein Bruder, der Klugscheißer, wüsste das sicher genauer.«

…

»Nein, nein, das habe ich nicht gemeint. Mein Bruder kennt die Zimtschnecke natürlich nicht. Ist ja vollkommen undenkbar: Das g'füllte Kaslaberl mit einer Südseeschönheit, undenkbar! Ich wollte nur sagen, wenn er sie kennen würde, dann würde er auch wissen, von welcher Insel sie stammt, und vielleicht hätte er sich auch ihren Namen gemerkt.«

…

»Ja, ja, ich weiß inzwischen auch, dass Sansibar keine Südseeinsel ist, aber wir haben uns nur sehr peripher über Geographie unterhalten, eigentlich war Anatomie und Biologie mehr unser Thema.«

…

»Nein, Namen weiß ich leider beim besten Willen nicht, und ich glaube auch nicht, dass sich mein Würstelstandkollege vom Messewurststand an sie erinnern kann. Halt! Jetzt fällt mir noch was ein. Sie hat ihren Slip bei mir vergessen, Sie wissen schon, so ein Miniaturhoserl. Da müsste doch ihre DNA drauf sein, und damit könnten Sie sie ja leicht identifizieren und mein Alibi überprüfen. Ich hoffe nur, meine Putzfrau hat den Slip nicht gewaschen oder weggeworfen. Selbst tragen kann sie ihn ja nicht.«

…

»Da fällt mir noch was ein – könnten Sie bei der Gelegenheit nicht auch gleich die DNA von meinem Bruder mit meiner vergleichen? Dann wüsste ich endlich, ob er wirklich mein Bruder ist oder nur ein Hochstapler, der sich in die berühmte Würstelstanddynastie Praterglück einschwindeln wollte.«

…

»Wie, das machen Sie nur, wenn wir beide verdächtig sind? Okay, dann warten wir damit eben noch. Und wenn Sie wieder rübergehen zu meinem feinen Bruder, richten Sie ihm einen schönen Gruß aus, und sagen Sie ihm, wenn er mich weiter als Verdächtigen hinstellen will, hau ich ihm die Nase durchs Gesicht, dass sie ihm hinten wieder rausschaut.«

[Paul, im Vernehmungsraum mit Kommissarin und beisitzendem Kriminalpolizisten, antwortet der Kommissarin, 17. Dezember, 12:03]

»Ich sag hier gar nichts. Sie brauchen auch nicht Ihre Instrumente auspacken. Wollten Sie doch gerade, oder? Soll ich Sie wegen Polizeigewalt gegenüber Migranten verklagen? Ich kenne in Berlin gute Anwälte, die machen euch fremdenfeindlichen Bullen Beine …«

…

»Nein, nein, Frau Kommissarin, das war ein Scherz. So schlimm seid ihr ja gar nicht. Und hübscher als im Fernsehen, in dieser Serie, wie heißt die doch gleich? *Kottan ermittelt*. So ein Blödsinn, hab nie verstanden, was daran lustig sein soll. Ist das eure Vorstellung von surrealistischem TV?«

…

»Mein Bruder? Vergessen Sie den. Der ist zu blöd, um unseren Imbiss in die Luft zu sprengen. Der ist auch zu blöd, um den Unterschied zwischen einer guten und einer schlechten Currywurst zu erkennen. Mögen Sie Currywurst? Berliner Art? Schön scharf mit viel Soße und Pommes? Eine Spezialität vom Praterglück. Aber erst seitdem ich dort meine Berliner Erfahrungen einbringen konnte. Gegen den Widerstand meines bekloppten Bruders allerdings. Der kennt nur Teufelsgriller und Käsekrainer. Eine Eitrige mit einem Buckel nennt er sie. Ihr habt echt einen komischen Humor. Aber auch damit habe ich gelernt zu leben.«

…

»Wieso ich überhaupt nach Wien gekommen bin? Tja, das frage ich mich auch. Tante Herta hat mich hergeholt, damit ich Schwung in ihr Praterglück bringe. Balthasar war ja eher geschäftsschädigend. Immer besoffen, hat sich ständig beim Wechselgeld verrechnet und so weiter. Ich habe erst mal aufgeräumt in der Bude, jahrzehntealte Fettreste weggekratzt, endlich mal das Öl in der Fritteuse gewechselt. Jetzt, da das Praterglück nur noch virtuell existiert beziehungsweise in Form von Wurstresten in den Kastanien, kann ich es ja zugeben … ganz astrein ging es bei uns nicht zu.«

…

»Nein, nicht Mord … welcher Mord? Ich habe das eher hygienisch gemeint. Gibt es denn ein, wie sagt man: Corpus Delicti? Mensch, Latein habe ich auch mal gekonnt, alles vergessen. Früher, Frau Kommissarin, früher, in Berlin! Hab auch mal Chemie studiert. Wollte sozusagen mein Hobby zum Beruf machen. Aber die haben mich von der Uni geschmissen. Zum Schluss habe ich Baumarktkataloge betextet. War weniger anstrengend als Synchron für Pornofilme. Na ja, der Hilferuf vom Tantchen kam wohl gerade recht. Eine Win-win-Situation sozusagen. Kennen Sie Kotler? Guter Mann. Wirtschaftstheoretiker. Von dem wollten Balthasar und Herta auch nix hören. Leider mussten wir Tantchen trotzdem immer 50 Prozent der Einnahmen abgeben. Ab und zu kam sie auch vorgefahren mit ihrem Rollator und hat sich eingemischt. Vermutlich hat Balthasar ihr vorgeflennt, dass ich auf bio umstellen wollte. Das haben sie beide nicht in ihre k. u. k. Quadratschädel bekommen, dass bio einfach besser ist. Und den Umsatz ankurbelt. Eine fettige Käsekrainer bekommen Sie in Wien an jedem Würstelstand, aber eine feingewürzte Biocurrywurst nur bei uns. Noch dazu begleitet von handverlesener Musik, zumindest wenn ich Schicht hatte. Balthasar ließ ja immer irgendwelche Dudelsender laufen mit den besten Hits der Neunziger und von heute und so 'nem Scheiß. Bei mir lief Independent Rock. Paul Weller, The Fall und Pavement. Kennen Sie nicht? Dann müssen Sie mal vorbeikommen mit Ihrem stummen Kollegen hier. Wenn ich das Ganze wieder aufgebaut habe. Sie können ihn aber auch zu Hause lassen, Ihren Kollegen. «

…

»Transnistrier? Ja, stimmt, mit denen hat sich Balthasar angelegt. Das heißt, er hat wohl erst mit ihnen Geschäfte gemacht und sich dann mit ihnen angelegt.«

…

»Andjelina? Ja, die ist auch aus Transnistrien … und unsere Putzfrau. Gewesen.«

…

»Was, ich soll was mit der gehabt haben? Behauptet mein sauberer Bruder? Möchte nicht wissen, was der Ihnen für einen Scheiß erzählt. Der erzählt den ganzen Tag Scheiß. Hält sich für den Größten. Und macht mit den falschen Leuten Geschäfte. Das ging schon seit Jahren so, was genau, kann ich Ihnen nicht sagen, war alles vor meiner Zeit.«

…

»Ja, ja, wird schon legal gewesen sein. Irgendwie. Aber mit dem toten Osteuropäer haben wir nichts zu tun, Frau Kommissarin, ich schwöre! Das war einfach Pech, dass der praktisch direkt vor dem Praterglück zusammengebrochen ist. Ja, stimmt, er scheint mit Andjelina entfernt verwandt gewesen zu sein. Und?«

…

»Nein, ich habe auch keine Ahnung, wo Tante Herta stecken könnte. Die ist wie vom Erdboden verschluckt. Vielleicht ist sie unangekündigt auf Kur gefahren?

…

»Eben. Sehen Sie da ein Motiv? Warum sollte ich das Praterglück samt Tante in die Luft sprengen? Die hatte sowieso irgendwie einen Narren an mir gefressen. Ich musste immer bei ihr in dieser müffelnden Wohnung in Hietzing antanzen, wenn Baltasar Dienst hatte. Dann quetschte sie mich über meine Mama aus und was ich die ganze Zeit in Deutschland gemacht habe. Warum ich sie nie besuchen gekommen sei. Wahrscheinlich habe ich geahnt, dass ich dabei meinem sauberen Herrn Bruder über den Weg laufen würde. Allerdings hatte ich bis zu ihrem Hilferuf vor einem Jahr gar nicht gewusst, dass ich Verwandtschaft in Wien habe. Aber man ist ja ein hilfsbereiter Mensch, nicht? Und Hilfe hatten die beiden echt nötig, sag ich Ihnen.«

…

»Ja, ja, zur Sache … Wahrscheinlich hat Balthasar wieder an der Gasleitung rumgefriemelt, während er seine famosen Käsekrainer warm gemacht hat. Braten kann man das ja nicht nennen, was ihr hier mit euren Würsten veranstaltet. Ich wollte immer einen echten Holzkohlegrill im Praterglück einbauen, auf dem man mit anständiger Hitze anständige Bratwürste hätte grillen können. Aber das war Balthasar und Tante Herta zu aufwendig. Lieber lau vor sich hin wärmen. Na ja. Mit einem Holzkohlegrill wäre uns der Laden garantiert nicht um die Ohren geflogen.«

…

»Wo ich gegen Mitternacht war? Zu Hause. Da bin ich nach unserem Streit hingefahren. Was hat Balthasar denn erzählt? Ach, das möchten Sie mir nicht sagen? Also gut. Ich hatte mich mit ihm getroffen, mit meinem famosen Bruder, in der besagten Nacht. Aber nur kurz. Und weit vor Mitternacht. So gegen neun. Im Prater. Es hatte sich so einiges angesammelt an Konfliktpotenzial. Das musste endlich von Mann zu Mann besprochen werden. Nicht immer mit diesen blöden Zetteln. Dabei ging es nicht nur um unsere Mutter und unsere schon lange verschwundenen Väter. Es ging in erster Linie ums Praterglück. Um unsere wirtschaftliche Zukunft. Um die Tante. Aber bevor wir darüber reden konnten, ist Balthasar ausgerastet und hat mir Schläge angedroht, halb besoffen, wie er schon wieder war. Damit waren unsere Kommunikationsversuche einmal mehr gescheitert.«

…

»Ach, kurz vor Mitternacht ist der in die Luft geflogen? Also, da war ich zu Hause. Mehr kann ich Ihnen nicht sagen. Aber, mal unter uns, Frau Kommissarin: Ich halte Balthasar wahrlich für keine Leuchte, aber so blöd, den Imbiss samt Tante in die Luft zu sprengen und damit gleichzeitig unsere materielle Existenz, ist er auch nicht.«

…

»Vielleicht hat sie sich auch vertan mit den maroden Gasleitungen. Sie war ja nicht mehr die Jüngste, die Arme. Ach, wir haben sie dorthin verbracht? Als sie schon tot war? Um sie *verschwinden* zu lassen?«

…

»Tja, dann bleiben eigentlich nur die Osteuropäer, nicht? Fragen Sie doch mal Andjelina. Die kann Ihnen bestimmt Interessantes über ihre Verwandtschaft erzählen. Vielleicht weiß sie auch, was Balthasar wirklich für Geschäfte mit denen gemacht hat.«

…

»Ich weiß es nicht, Frau Kommissarin. Keine Ahnung, was da lief, fragen Sie Balthasar. Aber ehrlich gesagt glaube ich, dass das alles ein großes Missverständnis ist. Oder Balthasar hat sich wichtiggemacht als großer Gangster, als König der Wiener Unterwelt. Ja, das waren so die Phantasien von meinem älteren Bruder. Aber es waren nichts als Phantasien, Frau Kommissarin, Lächerlichkeiten, das Großmaul kann doch keiner Fliege was zuleide tun. Balthasar ist ein harmloser Romantiker, Frau Kommissarin. Vielleicht sind wir beide Romantiker. Das haben wir wohl von unserer Mutter geerbt, der alten Hippiebraut. Bei uns ist es früher zugegangen wie in einem Roman von diesem Franzosen, Hüllebeck oder Hullebeck, kennen Sie den? Ist ja auch egal, ich will da jetzt auch nicht ins Detail gehen, wir sitzen schon lange genug hier zusammen. Ich würde jetzt gerne gehen. Ist Balthasar schon zu Hause? Ich muss ihm, fürchte ich, Trost zusprechen in dieser schweren Stunde. Schließlich ist er mein Bruder, trotz allem. Und ich hab doch sonst keinen mehr auf der Welt, jetzt, wo die Tante auch tot ist – wahrscheinlich. Da müssen wir doch zusammenhalten. Und das Praterglück wieder aufbauen. Irgendwo in Wien. Wo es keine Osteuropäer gibt.«

…

»Das wird schwierig? Da könnten Sie leider recht haben,

Frau Kommissarin. Das stimmt, die Osteuropäer sind überall. Was will denn Ihr Kollege mit den Handschellen? Ach, mein Bruder sitzt auch schon ein? Untersuchungshaft? Bitte sperren Sie uns nicht in die gleiche Zelle, bitte! Das gibt Mord und Totschlag. Dann aber wirklich, Frau Kommissarin.«

[E-Mail an paul2@yahoo.de, 17. Dezember]
Bruder Paul,

bin draußen. Du auch? Kann's nicht glauben, die Herta hat den Transnistrier höchstpersönlich und mit eigener Hand kaltgemacht, und die haben dann die Alte in unserem Praterglück in die Luft gesprengt!? Unpackbar!

Ich bin aus dem Verhörraum raus direkt mit dem Taxi in mein Stammlokal gefahren, um mich von dem Schrecken zu erholen. Die haben mir dort eh verziehen, dass ich das letzte Mal, ohne zu zahlen, gegangen bin und dafür die beiden lädierten Schläger zurückgelassen habe.

Aber noch mal zur Tante, das war ja filmreif: Der eine Kieberer machte gerade auf *bad cop* und wollte ein Geständnis von mir hören, wobei ich die ganze Zeit sage: »Weshalb sollte ich den eigenen Wurststand mit der ganzen Ware und der Tante drin sprengen?«, als die Türe aufgeht und der *good cop* reinkommt. Der sagt: »Herr Balthasar, wir haben eine gute und eine, na, eigentlich zwei schlechte Nachrichten. Die gute ist: Sie sind frei, wir wissen aufgrund eines Anrufs – wahrscheinlich kennen Sie die Dame –, dass der Wurststand nicht von Ihnen oder Ihrem genauso begabten Bruder gesprengt wurde. Die schlechte Nachricht ist, dass Ihre Tante, Gott hab sie selig, die Mörderin des Mannes war, der seine letzte Stunde vor Ihrem Würstelstand verbracht hat. Schwer zu glauben, aber inzwischen eindeutig bewiesen: Die alte Dame hat es geschafft, dem ausgewachsenen Mannsbild ihr Ausbanlmesser so gezielt in den Bauch zu rammen, dass er alsbald das Zeitliche segnete. Ich vermute ja, dass Ihre Tante zumindest eine Fleischhauerausbildung genossen hat. Ja, und dann hat sich die Verwandtschaft des Unglücklichen aufgemacht und ganz in der Tradition der Blutrache die Tante Herta samt Praterglück vermittels einiger Stangen Dynamit – unter uns gesagt, viel zu viel – ebenso schnell wie nachhaltig pulverisiert. Sie können also gehen.«

Als ich ihn gefragt habe, was die zweite schlechte Nachricht wäre, hat er gesagt: »Glauben Sie nur nicht, dass Sie jetzt eine Ruhe vor uns haben.«

Eine Scheißdrohung von der Polizei also! Dürfen die so was überhaupt?

Aber jetzt zu dir Pauli, ich denke, dir haben sie dieselbe Geschichte erzählt, nur endet deine mit einer zweiten guten statt schlechten Nachricht. Es ist ja eindeutig, dass uns die gute Andjelina mit ihrem Anruf aus der Megascheiße rausgeholfen hat, und nun müssen wir uns ihr gegenüber entsprechend dankbar zeigen. Das heißt, einer von uns beiden wird sie jetzt wohl heiraten müssen. Und dieser eine bin nicht ich. Ich sage nur, Liebestäubchen, Goldkind und Gottfried Benn, also steh deinen Mann. Meinen Segen habt ihr.

Balthasar

[E-Mail an balthasar@gmx.at, 18. Dezember]
Balthasar,

das ist ein Ding, dass die Olle den rumänischen Russen gekillt hat und die dann wieder sie. Hätten wir uns unsere Mordphantasien sparen können …

Aber was ist jetzt mit Andjelina? Soll ich sie wirklich heiraten?

Wir bauen das Praterglück auf alle Fälle wieder auf, bleib mir fort mit deinem Guerilla-Kappes – aber diesmal gleich mit Tischen und Stühlen, also, wir machen aus dem Scheißwürstelstand ein richtiges Lokal. Sollen wir es Praterkneipe nennen? Mit Plätzen drinnen und draußen, wetterunabhängig?

Paul

[E-Mail an balthasar@gmx.at, 22. Dezember]
Lieber Balthasar,

stell dir vor, die dumme Nuss hat mir einen Korb gegeben! Sie hat mich regelrecht ausgelacht. Sie habe keineswegs vor zu heiraten. Und schon gar nicht einen wie uns. Also sie hat »euch« gesagt. Was sie damit genau meine, habe ich gefragt. Da hat sie wieder gelacht. Und nix mehr gesagt.

Ich werde aus den Frauen nicht schlau, Bruderherz. Ich bin doch immer nett zu ihr gewesen. *Du* hast sie damals rausgeschmissen, nicht ich. Ich hab sie bezahlt. Ich bin nicht mal laut geworden, als sie diese Geschichte mit dem falschen Alibi gegen Geld aufgetischt hatte. Obwohl wir ja gar kein Alibi gebraucht hätten, wenn sie früher mit ihrer Geschichte von Tante Herta und dem toten Verwandten herausgerückt wäre.

Andjelina bleibt mir ein Rätsel. Und eigentlich bin ich auch ganz froh, dass ich sie jetzt nicht heiraten muss. Das wäre sowieso nichts geworden. Wozu brauch ich eine Frau, wenn ich einen Bruder wie dich habe?

Was machst du eigentlich Weihnachten? Lass von dir hören!

Dein Paul

Deutsch-österreichische Begriffskunde und Wurstglossar

Aufdrahtn/den Aufdrahtn haben:
Schwierigkeiten haben

aufgestellter Mausdreck:
Dreikäsehoch, kleiner Mensch mit Geltungsdrang

Aufstrich:
Heurigenspezialität aus verschiedenen gewürzten Frischkäsen oder hartgekochten Eiern

Ausbanlmesser:
Fleischhauermesser, mit dem man das Fleisch vom Knochen, also vom Ban, löst

ausfratscheln:
ausfragen

ausgefressen:
dick, übergewichtig

bachen
gebacken, warm

Bankert:
uneheliches Kind (auf der Bank gezeugt), auch: ungezogenes Kind

bedackeln:
anschwindeln, am Schmäh halten

Beisl:

österreichisches Pendant zur Kneipe. Die typische Beisl ist holzvertäfelt und bietet einfache Kost an. Mittlerweile gibt es in Wien aber auch sogenannte Nobelbeisln mit verfeinerter Hausmannskost, in denen sich die Schickeria trifft.

blunzenbladlfett:

sehr betrunken, vgl. *fett wie ein Radierer*

Bronner, Gerhard:

legendärer österreichischer Komponist, Autor, Musiker und Kabarettist

Brünnerstraße:

Ausfallstraße Wiens nach Norden. Hier gab es früher viele Wirtshäuser und Heurige, die den berüchtigten Brünnerstraßler ausschenkten, einen billigen und ziemlich sauren Wein aus den umliegenden Weingärten.

brunzen:

urinieren, pinkeln (siehe auch *Schneebrunzer*)

Burenwurst, auch Haaße (Heiße) genannt oder Burenhäutl (Burenhaut) oder Klobasse:

grobe, kräftig gewürzte Brühwurst. Eine mögliche Erklärung,wie die Buren zu dieser Wurst kamen: Während des Burenkriegs in Südafrika wurde von Deutschnationalen, die es auch in Österreich gab, Geld zur Unterstützung der Buren gesammelt. Eventuell kommt der Name auch aus dem Norddeutschen: Buren = Bauern. Bloß, was haben plattdeutsche Bauern in Wien verloren?

Charlottenburg:
gutbürgerlicher Bezirk in Berlin, bewohnt von vielen doch noch zu Geld gekommenen Alt-Achtundsechzigern, die jetzt Antiquitäten und exklusive Weine nachfragen

Currywurst:
angeblich die Erfindung einer gewissen Herta Heuwer, die ganz in der Nähe des Stuttgarter Platzes in Berlin erst einen Imbissstand und dann eine ganze Imbisshalle betrieb, mit bis zu 19 Angestellten. 1958 meldete sie ihr »Chillup« als Spezialsoße zum Patent an. Zur klassischen Currywurst Berliner Art gehören: Tomatenketchup, Currypulver, Worcestersoße, gerne auch gedünstete/gebratene Zwiebeln und Pommes. Es gibt die Currywurst mit und ohne Darm. Meist wird sie vorgeschnitten angeboten.

Debreziner:
leicht geräucherte, mit Paprika gewürzte Wurst mit Paprika. Stammt nicht aus der ungarischen Stadt Debrecen, wird aber auch in Ungarn gerne verzehrt.

Dreierziegel:
österreichische Variante des flotten Dreiers

eintrankeln:
jemanden betrunken machen, abfüllen

Eitrige mit an Bugkel/Eitrige aus der Krain:
siehe *Käsekrainer*

Espresso:
typisch Wiener Variante des kleinen Cafés für den schnellen Kaffee, das in den 1950er/60er Jahren aufkam und noch heute in Restbeständen existiert

Favoriten:
klassischer »Arbeiterbezirk« in Wien, vergleichbar mit dem Berliner Wedding. Der echte Favoritener ist stolz darauf, in Favoriten zu leben, wenn da nur bloß nicht so viele »Ausländer« wären. Ob die stolz darauf sind, in Favoriten zu leben, entzieht sich unserer Kenntnis.

Fettn:
Betrunkenheit

fett wie ein Radierer:
auffällig betrunken, pummtierlzua

fingerln:
Sex mit der Hand

Fleischlaberl:
Bulette, Frikadelle

Flitscherl:
leichtes Mädchen, Flittchen, junge Prostituierte

Funsn:
unterbelichtete Frau

Futkasperl:
Mann, der sich für eine Frau zum Narren macht; auch: Klitoris

Gebietskrankenkassa:
österreichisches Pendant zur DAK bzw. AOK

Gejeier:
Gejammer

Goschn:
Mund (abwertend)

Grammelstrudel:
mit Grammel (Fettgrieben, die beim Auslassen von Speck übrigbleiben) gefüllter Strudel; Grammelschmalz: Brotauftstrich

Grant:
Unmut, Verstimmung

Grantler:
Mensch mit mürrischer Grundstimmung

Haaße:
siehe *Burenwurst*

Haberer:
Freund, Kumpel, Liebhaber, Verehrer

hacke:
blunzenbladlfett

halbhinig:
halb tot, kaputt

HACCP:
Hazard Analysis and Critical Control Points. In der Gastronomie vorgeschriebener Hygienestandard

Häusl:
Toilette, Häuschen

Hertha BSC:
Fußballclub der deutschen Hauptstadt mit den meisten

Anhängern. Spielte lange in der zweiten Liga. Anders als der SK Rapid Wien wird er aber in diesem Jahrhundert nicht mehr Meister. Eher noch steigt Union in die 1. Bundesliga auf.

Hietzing:
großbürgerlicher Wiener Bezirk in der Nähe von Schloss Schönbrunn

Holzpyjama:
Sarg

Hutschpferd:
Schaukelpferd bzw. Pferdefigur auf einem Karussell

Jause:
Brotzeit

Jesuitenwiese:
beliebte Liegewiese im Prater

Kampl:
Kerl, Typ

Käsekrainer:
Die mit kleinen Käsestückchen gefüllten leicht geräucherten Brühwürste stammen aus Oberösterreich – und nicht wie jüngst von geschäftstüchtigen Slowenen behauptet, aus der slowenischen Krain. Sie sind in ganz Österreich beliebt, besonders in Wien. Käsekrainer werden auch eher unappetitlich als *Eitrige aus der Krain* bzw. *Eitrige mit an Bugkel* bezeichnet, weil die Käsestücke wie Eiter aussehen und manchmal die Wursthaut aufplatzen lassen.

Kerzerlschlucker:
Frömmler, scheinheiliger Katholik

Kieberei/Kieberer:
Polizei/Polizist, ursprünglich: Kriminalpolizei/Kriminalpolizist

Klobasse:
anderer Ausdruck für *Burenwurst*, in slawischen Ländern allgemein für Bratwurst

Kramuri:
Kram

Krügerl:
halber Liter Bier. Gleichzeitig die Bezeichnung des entsprechenden Glases

kudern:
kichern

Lainz:
Teil von *Hietzing*, berühmt für den gleichnamigen Tiergarten, berüchtigt für seine geriatrische Anstalt

Lamourhatscher:
langsamer Tanz, Engtanz

Langos:
ungarische Fladenbrotspezialität, die in reichlich Fett gebacken und meist mit Knoblauchöl eingestrichen wird; Sonderform: Debreziner- oder Käsekrainer-Langos: mit Langos-Teig überbackene Wurst

Lichtenberg:
Plattenbaubezirk im Osten Berlins

Lichterfelde:
gutbürgerliches Viertel im Süden Berlins

Manner-Schnitten:
Wiener Waffelspezialität – fünf Schichten knusprige Waffeln, gefüllt mit Schokolade – in auffällig rosaroter Verpackung

Marie:
Geld

Marmeladinger:
Bezeichnung für Deutsche, die darauf beruht, dass die deutschen Soldaten im Ersten Weltkrieg auf Butter und Schmalz verzichten mussten und ihr Brot stattdessen mit billiger Marmelade bestrichen

Meidlinger:
Bewohner Meidlings, 12. Wiener Gemeindebezirk, Arbeiterbezirk

Meier gehen:
sterben

Meine Herrn, i hob a Rehrn, von Grinzing bis zum Praterstern:
Ausdruck für eine gewaltige sexuelle Erregung. Unter »Rehrn« versteht man eine Erektion. Grinzing bis Praterstern bezeichnet eine ziemlich lange Wegstrecke in Wien, wobei hier weniger die Distanz als vielmehr die Dauer ihrer Überwindung von Bedeutung ist.

Memphis:
Zigarettenmarke der ehemaligen Austria Tabak Werke

mit dem Arsch auf die Uhr schauen:
Zustand nach einer heftigen Tracht Prügel

moscherln, auch mooscherln:
den Buckel runterrutschen

Nasenweg:
Bezeichnung eines Teils des Kahlenberges

nona:
na ja, eh klar

Packlrass:
abfällige Bezeichnung einer Gruppe von Menschen

Panier:
feine Kleidung des Mannes

Pappen:
Mund

Penunsen:
Ausdruck aus dem Ruhrgebiet für Geld. »Kohle« hätte man dort vermutlich missverstanden.

Pfefferoni:
eingelegte, mehr oder weniger scharfe Chilis, werden gerne zur Katervorbeugung parallel zur Wurst gegessen

Piefke:
Wenn der Österreicher vom Piefke spricht, meint er einen Deutschen. Wenn der Deutsche vom Piefke spricht, meint er einen Wichtigtuer oder Schnösel. Freundlich meint's keiner von beiden.

Piefkezumpferl:
Gemächt eines Deutschen

piefkinesischer Negerant:
bundesdeutscher Pleitier; neger sein bedeutet pleite sein

pusserieren:
auf die Nerven gehen

Rapid Wien:
kultisch verehrter Wiener Fußballverein aus Hütteldorf, der sogar hin und wieder Meister wird, aber auf der europäischen Bühne leider keine Rolle spielt

resch:
knusprig, spritzig, lebhaft, munter

Saliera:
Der Welt berühmtester und mit einem Wert von rund 50 Millionen Euro wohl auch teuerster Salz-Pfeffer-Streuer wurde 2003 aus dem Wiener Kunsthistorischen Museum gestohlen. Die halbe Wiener Kriminalpolizei jagte den Dieb und konnte ihn erst fassen, als er sich selbst stellte.

Schaastrommel:
typisch wienerischer Ausdruck für eine unattraktive, nervtötende und meist alte Frau, die schlechte Nachrichten über andere Leute verbreitet. Womöglich zusammengesetzt aus dem französischen chasser = (ver)jagen und Trommel, wird häufig unter Missachtung des Französischen gedeutet als trommelförmiges Flatulenzbehältnis.

Schanigarten:

Bezeichnung für auf den Gehsteig, heute oft auch auf den Parkstreifen gestellte Tische und Stühle vor einem Lokal. Der Name Schani könnte auf den italienischen Vornamen Gianni zurückgehen, früher ein häufiger Name bei Kellnern. Und wenn der Wiener »Gianni« sagt, kommt »Schani« dabei heraus. Stammt vielleicht auch von dem alten Lied: »Schani, trag den Garten außi«.

Schmarrn:

meist süße Mehlspeise, auch: Unsinn

Schmäh:

1) Trick, Schwindelei, Unwahrheit, Scherz; 2) typisch österreichische, gelegentlich auch als oberflächlich empfundene charmante Grundhaltung, die man vor allem den Wienern nachsagt

schiach:

hässlich

Schietwedder:

norddeutsche Bezeichnung für schlechtes Wetter mit viel Regen und Wind

Schneebrunzer:

Ahnungsloser, Versager, Dünnbrettbohrer; alter gebrechlicher Mann. Wörtlich: Mann, der auf Schnee uriniert.

Schwechater:

ein berühmtes Bier aus einer Kleinstadt bei Wien, das heute als Billigbier aus der Dose gilt

schwellende Kabel:
hervortretende Adern infolge emotionaler Erregtheit

Seidel:
Bierglas oder -krug in zylindrischer Form; Maßeinheit für Flüssigkeiten, vor allem Bier: 0,33 Liter

Sneks:
schneckenförmig gewickelte tschechische Bratwurst

Stamperl:
Schnapsglas bzw. ein Glas Schnaps

Stiegl:
bekannte Salzburger Brauerei

Strizzi:
Strolch, Zuhälter, Krimineller, Lausbub, Subjekt am Rande der Legalität

Stuwerviertel:
übel beleumundetes Viertel im 2. Bezirk gleich neben dem Prater mit ehemals viel Rotlicht und Prostitution

Tante Käthe:
liebevoller Spitzname für den deutschen Fußballer Rudi Völler – wegen seiner Lockenpracht

Taschenfeitl:
Taschenmesser

Teufelsgriller:
dickere gebratene *Debreziner*

Teufelsroller:
aufgerollte Heringslappen in pikanter roter Soße

Titschklerei:
Geschlechtsverkehr

Trafik:
Verkaufsstelle für Tabakwaren, Zeitungen, Schreibwaren, Postkarten und andere Kleinwaren

Trappn:
unfeiner Ausdruck für eine nicht sehr attraktive Frau; von Trappen: tagaktive, bodenlebende, aber flugfähige Vögel

Trumm:
großes unhandliches Teil, Steigerung: Mordstrumm

überstandig:
auf dem Heiratsmarkt nicht mehr vermittelbar

Verkehrskieberer:
Polizist, der unbescholtenen Autofahreren an unübersichtlichen Stellen im Straßenverkehr auflauert. Siehe *Kieberer*

vertschüssen:
verabschieden, verdrücken

Viktor-Adler-Markt:
zentraler Platz im Wiener Stadtteil Favoriten, wird gern für Wahlveranstaltungen der FPÖ genutzt

Vollkoffer:
Vollidiot, Steigerungsform von Koffer = Idiot

vollsülzen:
volllabern, vollquatschen

Wappler:
Schlappschwanz, Trottel, Idiot

Wat de Buer nich kennt, dat fret he nich:
plattdeutsch für: Was der Bauer nicht kennt, das frisst er nicht.

Watschen:
Ohrfeige. Wer am Watschenbaum rüttelt, benimmt sich derart, dass er eine körperliche Züchtigung zu erbetteln scheint.

Wickel:
Streit, Auseinandersetzung, Konflikt

Witzigmann, Eckhart:
Jahrhundertkoch aus Vorarlberg, der mit seinem Münchner Restaurant Aubergine in Deutschland die Nouvelle Cuisine etablierte und weiterentwickelte. 1993 wurde Witzigmann wegen Kokainbesitzes zu zwei Jahren Haft auf Bewährung verurteilt und musste sein Restaurant schließen, das wirtschaftlich nie in die schwarzen Zahlen gekommen war.

zerwuzeln:
zerknüllen, verknittern

Zinshaus:
Mietshaus